黄河流韵

朱丹林　著

应急管理出版社

·北　京·

图书在版编目（CIP）数据

黄河流韵/朱丹林著. ‒‒北京：应急管理出版社，2023
ISBN 978 ‒ 7 ‒ 5020 ‒ 9738 ‒ 7

Ⅰ.①黄…　Ⅱ.①朱…　Ⅲ.①游记—作品集—中国—
当代　Ⅳ.①I267.4

中国国家版本馆 CIP 数据核字（2023）第 142951 号

黄河流韵

著　　者	朱丹林	
责任编辑	陈棣芳	
封面设计	文　亮	

出版发行　应急管理出版社（北京市朝阳区芍药居 35 号　100029）
电　　话　010 ‒ 84657898（总编室）　010 ‒ 84657880（读者服务部）
网　　址　www.cciph.com.cn
印　　刷　北京宝莲鸿图科技有限公司
经　　销　全国新华书店

开　　本　710mm×1000mm$^1/_{16}$　印张　13$^3/_4$　字数　212 千字
版　　次　2023 年 9 月第 1 版　2023 年 9 月第 1 次印刷
社内编号　20230299　　　　　　　定价　98.00 元

序

黄河的体量太大了。它的干流长达 5464 千米，流域面积 79.5 万平方千米，水面落差 4480 米，是世界上落差最大、干流最为湍急的河流之一。

黄河汇聚了众多支流，一路奔向东方，穿越高山草甸、湿地湖盆、森林峡谷、雅丹戈壁，切割了黄土高原和内蒙古高原，沿晋陕大峡谷南下，在山西芮城风陵渡因秦岭余脉华山阻挡，掉头折向东方的河南豫西山地，怒穿豫西山地有人门、鬼门、神门之称的三门峡，进入洛阳盆地。

在河南省焦作市武陟县的桃花峪，即黄河中游与下游的分界点上，黄河由地下漕河变成地上河。因黄河泥沙沉积而形成的冲积扇平原——华北大平原，也因黄河泥沙不断增加而在扩大面积。黄河似摆尾的蛟龙，在大平原上奔腾着，翻滚着，摆动着，一路高歌猛进奔流入海。

想起黄河，每个中国人便有一种摄人心魄、催人奋进的激情。

黄河见证了中国大河流域范围内"高岸为谷，深谷为陵" 的历史变迁；演绎了"三十年河东，三十年河西"的苍凉往事。善淤、善决、善徙、桀骛不驯的黄河在塑造灿烂中华文明的同时，其水患也成为漫长农耕时代难以治愈的国之忧患。

中华民族改造了黄河，黄河也塑造了中华民族的民族性格和民族精神。从某种意义上讲，黄河的历史就是中华民族物质与精神的发端史、发展史、形成史。

每位写黄河的作者，由于角度、着眼点不同，笔下的黄河会呈现千姿百态的魅力。

2020年5—8月，摄影家王书墉、作家陈吟与我一行三人，受包头市黄河文化经济发展研究会的委托，自驾8800千米，全程考察了黄河。

黄河以其丰厚的人文底蕴、历史文化、奇特的自然景观、多种多样的地理地貌环境，各具特色的民族风情，让我们赞叹不已。

所以，在回来整理黄河考察文献资料的同时，我也萌生了写一本图文并茂反映黄河的著作。尽管黄河的历史时空体量非常大，内容非常广，一本书或一个人不可能那么全面地介绍黄河，但我是黄河岸边长大的人，如果不说出我心里对黄河的感念和理解，总有一种如鲠在喉、不吐不快的感觉，也觉得愧对这条养育了我一生的大河，即使管中窥豹，也要从个人的角度写一本有关黄河的著作。

书中所有的见闻与思考，都来自我全程行走黄河时的所见所闻，和个人对母亲河的思考认识。

此为序。

目录

项目1　孕育大河的母亲——青藏高原 ……………………………… **001**

1.河源在哪里 …………………………………………… 002

2.文明初创时代的黄河流域 …………………………… 013

项目2　黄河与黄土高原 …………………………………………… **019**

1.黄河、黄土与周、秦故里 …………………………… 020

2.河西往事 ……………………………………………… 024

项目3　天下黄河富宁夏 …………………………………………… **041**

1.宁夏回族自治区的开发 ……………………………… 042

2.贺兰山下的西夏烟云 ………………………………… 048

项目4　大河走过内蒙古高原 ……………………………………… **057**

1.黄河百害，唯富一套 ………………………………… 058

2.黄河几字弯西北角 …………………………………… 063

2.前套地区——草原钢城 ……………………………… 067

3.黄河几字弯顶端的古代文明遗迹 …………………… 070

4.草原往事 ……………………………………………… 073

5.西口路上民歌多 ……………………………… 076

6.河运与河口的兴衰沧桑 ……………………… 078

项目 5　晋陕大峡谷　083

1.晋陕大峡谷起点的争议 ……………………… 084

2.壶口到龙门 …………………………………… 086

3.晋陕大地上汇入黄河的支流 ………………… 088

4.陕西地理、河川与早期文明 ………………… 090

5.黄河龙门与韩城 ……………………………… 093

6.表里山河话山西 ……………………………… 096

7.河曲娘娘滩和碛口古镇 ……………………… 101

8.自古运城多风流 ……………………………… 104

9.后土祠与蒲州古渡 …………………………… 108

10.芮城风陵渡和永乐宫 ………………………… 112

项目 6　中州长歌　115

1. 函谷关 ………………………………………… 116

2.从三门峡到小浪底 …………………………… 119

3.东都洛阳 ……………………………………… 123

4.草原的大脚印与伊阙龙门 …………………… 127

5. 夏文明的诞生 ………………………………… 131

6.天命玄鸟与甲骨文 …………………………… 133

7. 最早的中国 …………………………………… 138

8.嘉应观与黄河地上河 ………………………… 140

9. 花园口事件 …………………………………… 143

10.开封保留的宋代文化 ………………………… 146

11.县委书记的榜样 ··· 150

项目7　黄河入海流 ·· 153

1.黄河岸边东平湖 ··· 154

2.中国史前历史的曙光在龙山 ······························ 156

3.理性精神的开端 ··· 159

4.孟庙见闻 ··· 166

5.黄河入海口 ··· 170

行走黄河的旅行札记（上） ·································· 173

1.出行的日子 ··· 175

2.山东篇 ··· 177

3.河南篇 ··· 186

4.山西篇 ··· 195

5.内蒙古篇 ··· 197

行走黄河的旅行札记（下） ·································· 201

1.内蒙古（下）宁夏篇 ·· 202

2.甘肃篇 ··· 205

3.青海篇 ··· 208

项目 1　孕育大河的母亲——青藏高原

1. 河源在哪里

黄河出现得比较晚，大约在 10 万到 1 万年前的晚更新世才最后形成。

与有 300 万年历史的老寿星长江相比，黄河实在是一条非常年轻的河流。早在 115 万年前的中更新世晚期，今天黄河干流的河道还没有形成。

那时，整个中国的陆地上，有很多互相没有连在一起的古地质湖盆，它们各自形成独立的内陆水系。

但是，造山运动使中国西部地区剧烈地上升，直至今天，青藏高原的上升也没有完全停止。

中国西部地区随着大地升高，一条大河的河水不断侵蚀下切，连接了各

⊙ 古地质冰碛湖盆

个古地质湖盆，打通或绕过一座又一座山脉，渐渐形成一条波澜壮阔的大河。

这条大河从青藏高原进入黄土高原和内蒙古高原，从晋陕两省间的大峡谷南下，在山西与陕西交界处的风陵渡折向东进入河南省，穿过三门峡天险，出豫西山地。然后，河水把从上游，特别是中游黄土高原、内蒙古高原上夹带的大量泥沙，年复一年地铺陈在黄河干流流经的土地上，形成巨大的冲积扇平原——华北平原。

直到一万多年前，整个黄河干流才完成了从河源到入海口的最后贯通。黄河故事，还是要从河源讲起。

关于黄河源，有两种说法，一种是泛指，即在龙羊峡水库以上，位于青海、四川、甘肃三省6个州18个县，总面积为13.2万平方千米。

这个范围太大了，应该说是黄河源的保护区范围。

那么，第二个问题就跟着产生了，具体的黄河源头到底在哪里？

关于黄河源头的记载最早见于著名的古籍《尚书·禹贡》，其中记载大禹治水时"导河积石，至于龙门"。

这是目前我国历史上关于黄河的最早记载。

西晋有一本书叫《博物志》，作者是张华。他对黄河源头的表述是"河出星宿"。

星宿海的确是今天黄河上游青海省藏族果洛自治州玛多县界内的一片沼泽湿地，也比较接近黄河源头，但不是真正的河源。

对黄河源头到底在什么地方，到唐朝初年才有了更接近正源的说法。

贞观八年（634），唐太宗李世民下令征讨青海慕容鲜卑建立的吐谷浑国，唐军从临夏向西溯黄河而上，来到大积石山（阿尼玛卿山）脚下，被大片水泽湖泊阻挡，大将李靖、侯君集、李道宗等，曾经登上"星宿川，达柏海（青海鄂陵湖或扎陵湖）上，望积石山，览观河源"。

所以，唐代的人认为积石山就是黄河的源头。

唐穆宗长庆元年（821），大理寺卿兼御史大夫刘元鼎赴吐蕃路过河源地区，知道了紫山（今巴颜喀拉山）是黄河的源头。

河源考察真正的里程碑在元代。

◉ 河源雪山

　　至元十七年（1280），元世祖忽必烈下令考察黄河源头。

　　当时，元政府的考察队从甘肃临夏溯河而上，绕过了扎陵湖和鄂陵湖，穿过星宿海，找到一条叫"扎曲"的小溪，并指认扎曲是黄河正源。

　　他们找对了。

　　扎曲源头的水流尽管时断时续，它的确是黄河源，但是并不全面。

　　清代康熙四十三年（1704），康熙皇帝派侍卫拉锡和舒兰两位官员，带队赴青海考察河源，他们绘有《星宿河源图》，舒兰著有《河源记》，提出黄河源出三条小河，都是河源。

乾隆年间，内阁学士齐召南在由他撰写的《水道提纲》里指出：黄河北源是扎曲，南源是卡日曲，当中还有一条约古宗列曲。

国际上确定河流正源有三个标准，即"河源唯长""流量唯大""与主流方向一致"。

根据这个标准，当代的地理学家提出河源是卡日曲，它由五个泉眼组成，流水终年不断，卡日曲的确是黄河正源；另外一条发源于巴颜喀拉山主峰、海拔5214米的雅拉达泽山脚下的溪流，叫约古宗列曲（约古宗列是藏语，意思是"炒青稞的锅"）。

这里仅有一个泉眼，但是丰沛的泉水流过东西长40千米、南北宽约60千米的椭圆形盆地，并在这片洼地形成了数百个大大小小的水泊，然后从约古宗列盆地里流出后，汇聚了扎曲和卡日曲两条溪流，正式成为黄河源头的第一段干流——玛曲。

三条小溪或者叫小河，共同构成了黄河真正的河源。

这个结论是1978年青海省社会科学院地理所的同志们历尽千辛万苦，考察黄河源头得出的答案。

1986年，中国科学院地理研究所的科学家们再次考察了河源地区，直到2008年，才由"水利部黄河水利委员会"的工作人员，在卡日曲的发源处，正式立"黄河源"石碑。

困扰了中国人2000多年的黄河源头到底在哪里的问题，直到21世纪初，才有了权威的定论。

用今天地理学上的准确说法，黄河源头在我国青海省果洛藏族自治州玛多县境内，距离县城以西90余千米，海拔4900米，东经95°59'24"、北纬35°9'18"的地理坐标上。

扎曲、卡日曲、约古宗列曲共同汇成河源水道上的玛曲，在巴颜喀拉山北麓的各姿各雅雪山脚下流过，清澈的水流蜿蜒曲折地在青海高原上游走，它不宽，也很细，幼小的黄河干流——玛曲，还要靠"母乳"滋养。

黄河的"母乳"来自众多雪山。

青藏高原上除了天然降水，一座座巨大的雪山，包括巴颜喀拉山、阿尼玛卿山的冰雪融水，都是黄河的"母乳"。

这些冰川随着大陆板块的隆升，不仅切割着山体，还在海拔4000到5000米的山地间刨出大量的冰斗洼地，冰川消融，形成了黄河源头玛多大草滩上纵横交错的众多溪流。它们是黄河最初的形态，丰沛的水源补给，给玛曲注入了强大的生命力。

玛曲向东流出16千米后，流入高原上两个美丽的姊妹湖。它们被地理学家称为河源地区的两叶肺，其中鄂陵湖是咸水湖，扎陵湖是淡水湖。这两个湖泊与下游山东的东平湖，是黄河干流上仅有的三个古地质构造湖泊。

扎陵湖与鄂陵湖之间，有20千米的黄河干流水道，将两湖连在一起。当地的藏族老乡告诉我们，扎陵湖意思是白色长湖，鄂陵湖意思是蓝色长湖。

黄河从两个高原湖泊中穿流而出，在青海的大草滩上，汇集了大大小小数千条溪流，一路向东，穿越一片叫作星宿海的高原湿地。

星宿海曾经是一片高原泽国，无数个晶亮的小水泊点缀在星宿海中。玛多的夜晚星光璀璨，倒映在深蓝色的高原湖泊群里，给人以无限的遐思。

◉ 松潘草地

星宿海里生长着青藏高原特有的大湟鱼。藏族人不吃鱼，所以湟鱼没有天敌，在湖泊中恣意生长。

这是半个多世纪前星宿海的模样。

如今，这片高原湿地，已经出现可怕的土地沙化。一丛丛、一簇簇艳丽的狼毒花和枳芨草，让这块属于玛多县扎陵湖乡的土地越来越干旱。湖水已经干涸。当年墨绿色茂密的高原草甸上，牧草越来越稀疏，草丛下露出一片片狰狞的黄沙。

"青海戍头空有月，黄沙碛里本无春。"

为了响应黄河源头水源涵养、草原沙化治理的政策，世世代代生活在河源扎陵湖乡的藏族牧人，放弃了传统的游牧生活方式，迁出扎陵湖地区。

通往河源核心区的公路被完全封闭，任何自驾游的旅行者不得进入河源游览。

为了黄河源头那一汪汪清澈的湖泊群可以再现昔日风采，一切努力都是值得的。在青海、四川、甘肃三省交界处，黄河因绕行阿尼玛卿山的东南侧，

◉ 青海黄河源头的沙化

◉ 狼毒花　　◉ 枳芨

形成"U"字形大拐弯。这里被称作黄河第一湾,叫唐克湾。

　　绕过唐克湾,黄河在前行途中被东侧属于横断山脉北端的岷山阻挡,必须绕道阿尼玛卿山的东南角后,由东南向西北折返回青海,从而形成黄河第二个大湾——唐乃亥湾。两湾相接,一条巨大的"S"形的白色飘带,肆意舒展着身躯,飘逸在青、川、甘三省交界的高原草甸上。

　　匆匆前行的黄河,在四川北部阿坝藏族羌族自治州松潘县境内海拔

◉ 黄河第一湾

3500 米的天上草原随手一甩，便留下一片美丽的高原湿地——花湖。

人们称这片长 250 多千米、宽 150 多千米、面积达 15200 平方千米的高原湿地为"川西北的高原绿洲""云端天堂"。这里是中国珍稀鸟类黑颈鹤的故乡。

黄河在四川阿坝地区流经的区域属于横断山地区的东北角。1935 年红军在这里召开过著名的巴西会议。会议对红军下一步到底是北上还是南下

◎ 若尔盖草地

◉ 若尔盖红军纪念碑

的问题做出决定，红军要北上抗日！

今天"巴西会议"的会址已经成为青少年爱国主义教育基地。

那片草海中屹立着的巨大的纪念碑，记述了老一辈无产阶级革命家与共和国9位元帅走过草地的情况。这段英雄的史诗让每一位走过花湖的旅行者都感奋不已。

黄河"S"形水道离开松潘草地，顺着山势从阿尼玛卿山北麓折回青海，在西宁以南，沿着日月山、拉脊山南侧，流入青海省的贵德县。

由于贵德县域内森林草原繁茂，土壤植被条件非常好，黄河水在贵德以上都是清流，这就是民间讲的"天下黄河贵德清"。

贵德是青藏高原与黄土高原的接合部，黄河由此向东经过循化、民和县域内，河水随着地形的变化迅速下切，在穿过龙羊峡、拉西峡、李家峡、公伯峡等7个高山峡谷之后，终于冲过青藏高原上的最后一个峡谷——积石峡。此时的黄河，奔腾咆哮着从我国地形的第一阶梯——青藏高原，一路向下，跌落到海拔只有1633米的甘肃临夏永靖县域内。

真是"黄河之水天上来"！

◉ 天下黄河贵德清

　　巨大的落差，湍急的水流，冲刷着陇中高原上的永靖大地，永靖县成了历史上黄河灾害最多的县之一。黄河由于落入黄土区域内，河水变得浑浊。混合着大量泥沙的黄水，开始走向它前行过程中的第二个地理单元——黄土高原。

◎ 阿尼玛卿山

2. 文明初创时代的黄河流域

随着大河走过青海省，在离开青海高原前的那一刻，站在世界屋脊上的我，突然产生了回望人类文明留在黄河流域上的足迹的欲望，并且产生了一些想法。

大河孕育了人类的文明。

世界上几乎所有的古老文明，都诞生在大河流域。无论是埃及的尼罗河文明，还是幼发拉底、底格里斯河流域的两河文明，印度河、恒河文明，当然也包括黄河、长江流域的中华文明，都与大河有着不解之缘。

古代人类受生产力水平的限制，离开水源无法生存。

所以，大河之滨是古人类繁衍生息最好的地方，也是众多古老文明出现的地方。

我从山东东营垦利县的黄河入海口溯源而上，一个省一个省地寻觅黄河文明产生与发展的足迹。

一种神秘的感觉如影随形地跟着我，这种感觉到底是什么？当时，我说不清楚。

直到我走上青藏高原，对黄河源头所在地进行综合考察的时候，突然发现整个黄河流域，几乎都是在差不多相同的时间段，出现了古人类的活动。这个时间在 6000 到 4000 年前。

这种人类文明扎堆儿出现在黄河流域的现象，是历史的偶然吗？它们之间有内在的逻辑联系吗？我说不清楚。但至少从现象上看，这些文明都有同一个历史阶段相同或相似的特征。

在整个黄河干流包括 13 条主要支流上，星星点点地分布着距今 6000 到

4000年前后的文化遗址。这些遗址作为人类文明的曙光，无可辩驳地证明，黄河孕育了伟大的中华文明。

尽管在 6000 年前，这些文明还非常幼小，但是文明的胚胎已经孕育在整个黄河流域，并且逐步发育和成长。

在回顾黄河文明诞生的同时，不能不提到一位叫大禹的古代先贤。

黄河岸边生活的早期先民，必须不断与黄河水进行斗争。由于生产力水平过于低下，古人在黄河水患面前，大多数时间是束手无策的。所以，那个时代的河流治理，需要一位时代的英雄引路。

◉ 马家窑文化出土的陶罐

◉ 史前文化时期的陶器

◉ 大禹治水雕像

禹，就是在这种历史条件下应运而生的神话人物。

中国信史时代产生之前，民间传说中有好多神话人物，尽管司马迁把他们记入《史记》，但传说毕竟不能完全代替历史。《史记》中记载的传说人物是否确有其人，国内外史学界有种种不尽相同的看法，要想证明这些传说人物的存在，中国上古史的重建还有很长的路要走。

不过，每个民族的童年时代，都有本民族早期英雄人物的历史记忆，这种记忆是一个民族对自身生命史早期状态的追忆，追忆中的英雄永远是这个民族的骄傲。无论是古希腊的《荷马史诗》，还是黄河流域关于伏羲、女娲、炎帝、黄帝、尧、舜、禹的记载，或少数民族当中流传的格萨尔王、江格尔等英雄人物的古老传说。

远古神话有一个共性，就是它充分地体现了一个民族早期的思维方式和行动准则，这种思维方式和行动准则在民族童年时代已经初步形成。

从文明史的角度讲，远古神话就是这个民族最早的文明基因，这种基因从源头上决定了这个族群在此后发展中思与行的轨迹。正因为每一个古老民族都有自己早期的英雄记忆，先民们便把与黄河斗争的记忆，口耳相传地落在了大禹时代。

禹生活的时代黄河泛滥，洪水成灾，百姓流离失所，苦不堪言，所以，治水成了时代最重大的主题。

◉ 大禹像

禹在领导人们治水的时候，发现黄河上游的积石山阻挡了洪水下泄，导致黄河上游泛滥不断。禹用开山利斧怒劈积石山，洪峰一路飞奔而下，直抵千里之外的龙门。

黄河终于安澜了，百姓开始安居，禹功高于天。

"黄河西来决昆仑，咆哮万里触龙门。波滔天，尧咨嗟。大禹理百川，儿啼不窥家。杀湍湮洪水，九州始蚕麻。"

唐人李白的诗句代表了几千年来黄河沿岸百姓久苦河患、乞河安澜的心愿。

禹也成为中国历史上的开篇人物之一，更是黄河人文历史上治理水患、造福百姓的代表人物。

陕西韩城龙门镇的禹王村建有"禹王庙"。古老的黄河畔不知有多少地方立有纪念大禹治水的庙宇或雕像。

治理黄河这样的大型水利工程，需要大量的人力和物力。禹在治水的过程中联合一大批原始部落，逐步组成了部落联盟。

大禹铸造了九个大鼎，分天下为九州，开启了中国权威政治的统治模式。

禹死后，温情脉脉的"禅让制"也跟着终结了，取而代之的是"世袭制"。禹的儿子启，用血腥手段推翻并杀掉了部落联盟推举的继承者伯益，建立了夏王朝——都阳城。韩非子记录了这次政变，这次政变是由"公天下"向"家天下"的过渡。孔子在《礼记·周礼》中，也记载了夏王朝"体国经野，设官分职"的情况，奴隶制国家的雏形出现在黄河流域。

项目 2　黄河与黄土高原

1. 黄河、黄土与周、秦故里

    甘肃省的地形地貌具有多样化的特点,包括黄土高原、陇南山地、河西走廊、甘南高原草甸四大区域。

    其中,黄土高原是中华古代文明最重要的发祥地之一。

    黄土高原西起乌鞘岭,东至太行山,北达长城一线,南到秦岭、淮河流域,跨越了青海、甘肃、宁夏、内蒙古、陕西、山西、河南7个省自治区,面积约30万平方千米。

    黄土高原属大陆性季风气候,自南而北兼跨暖温带、中温带两个热量带,

◉ 黄土高原

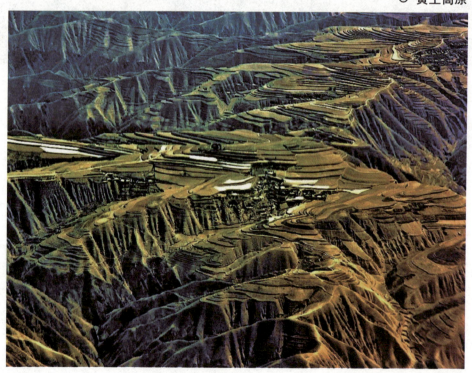

自东向西横贯半湿润、半干旱两个干湿区。全年降水量 150~750 毫米。

黄土高原由于长期被流水侵蚀，地表形成千沟万壑，地形呈支离破碎、梁峁深沟纵横的自然景观。对比青藏高原和内蒙古高原来说，它的海拔相对低很多。这里有独特的黄土景观，黄土厚度平均 50~80 米，最厚的地方可以达到 150~180 米。

黄河进入黄土高原后，先后接纳了大夏河、洮河、湟水，然后浩浩荡荡地直接穿过全流域唯一的省会城市——兰州。

兰州又称金城。

黄河在这里穿过一条叫作皋兰盆地的开阔河谷。由于河谷的地质条件相对稳定，又处在东西交通要道上，兰州城出现了，后来发展为古丝绸之路上的物资集散地和交通枢纽。

兰州市区的中心地带白塔山麓的黄河河面上，立有 100 多年前德国工程师建造的大铁桥，这是整个黄河干流上第一座跨越黄河的铁桥，是名副其实的"黄河第一桥"。

◉ 兰州"黄河第一桥"

漫步在滨河大道上，阳光把婆娑的光斑挥洒在林荫路上。一座用红色砂页岩雕塑的"黄河母亲像"立在河岸边，这座雕像成了兰州市的象征。众多市民和游客在这里合影留念。

◉ 兰州"黄河母亲像"

整个黄河干流在甘肃界内共有 913 千米，占黄河干流长度的 16.7 %，流经甘南藏族自治州、临夏回族自治州、兰州市和白银市四个行政区。

黄河支流大通河和湟水沿着祁连山南麓由西向东，在刘家峡注入黄河。它们隔着祁连山与河西走廊相望，而黄河干流则在沿祁连山东侧的乌鞘岭脚下流过，所以，在狭长的甘肃省内，黄河文化与河西走廊文化交相辉映。

甘肃是我国青藏高原、黄土高原和内蒙古高原三地交会地带。黄河、黄土、黄沙只是甘肃的表面现象，其实，甘肃无论是在自然地理上，还是在人文历史上，都可以用璀璨辉煌来形容。

甘肃古称"雍梁之地"，即包括古代九州的雍州以南和梁州以北的一部分地区。西周先祖在这里崛起，所以，后来史学家们大都认为甘肃是"周

◎ 黄河甘肃段

道始兴之地"。

西周实行"分封制"。当时的周孝王把为周王室养马的秦人祖先——非子，册封到今天甘肃的清水、秦安、天水、张家川一带。

周宣王时，非子的曾孙——仲，被封为"西垂大夫"。

特别是公元前770年，周平王东迁洛邑，周的核心力量由陕西迁到河南。秦襄公因为护送周平王有功，周王室将陕西岐山以西的土地册封给了秦人。秦的主体从甘肃东迁进入陕西。自此，秦站稳了脚跟，并且日渐强大。不过，在秦的主体离开甘肃进入陕西之后，甘肃依然是比较蛮荒的，基本上是游牧民族的牧场。

中国早期两个重要的、具有开创性意义的王朝周与秦，发祥地都位于甘肃省城内。

2. 河西往事

甘肃真正的开发与繁荣始于西汉时期。汉帝国在驱逐匈奴,并且"列四郡,据两关"之后,甘肃才真正发展起来。

公元前 138 年暮春,寂静的祁连山脚下传来了叮咚的驼铃声。被司马迁称为"凿空"丝绸之路的张骞外交使团,受汉武帝委托,开始了西汉帝国的第一次西行穿越。

历时 13 年,不辱使命的张骞历尽千辛万苦,终于完成了西汉帝国的"地理大发现"。

公元前 121 年,在通过张骞了解了外部世界的情况后,汉武帝决定打通

◉ 张骞雕像

河西走廊"断匈奴右臂"。"春，汉使骠骑将军去病，将万骑，出陇西，过焉支山千余里，击匈奴……破得休屠王祭天金人。"

乌鞘岭是我国地势第一阶梯和第二阶梯的分界山脉，是黄土高原和青藏高原的分界山脉，是季风区和非季风区的分界线，也是我国干旱与半干旱地区分界山脉，同时还是北部内流河和南部外流河的分水岭。

所以，乌鞘岭不仅地理位置重要，对河西走廊气候的影响也是巨大的。由于它的阻挡，从太平洋吹来的暖湿气流进入不了河西走廊，所以，河西地区的干旱与荒漠化十分严重。

河西走廊东起点在乌鞘岭，西到新疆的东入口星星峡，南依祁连山，北靠内蒙古高原的一部分——合黎山、龙首山、马鬃山，合称"北山"。

河西走廊沿着祁连山—阿尔金山一线东北西南向伸展，全长1000千米，最窄处只有几千米，最宽的地方有几十千米，是远古地质变迁时代造山运动后形成的褶皱洼地。

河西走廊地形地貌类型分为山岳区、戈壁区、绿洲区三大块。

由于祁连山冰川孕育的党河、疏勒河、黑河与石羊河，在河西走廊上流过，留下了一串串美丽丰饶的绿洲，这些绿洲为城市的产生与发展奠定了基础。

东部武威绿洲靠石羊河水系，中部张掖、酒泉及下游的额济纳绿洲靠黑河水系；而河西走廊最西端的敦煌，则是靠党河与疏勒河供水。

汉武帝在打通这条汉帝国和西域联系的重要交通线之后，立即对这里进行有效的管理。

当时汉帝国如日中天，汉武帝按照西汉的地方建制，在祁连山下的一个个绿洲上共设立了"四郡两关"。

先说"四郡"。

首先是武威郡。它扼守河西走廊东侧，是进出中原与西域交通要道的入口，地理位置非常重要。所以武威有"通一线于广漠，控五郡之咽喉"的作用。另外，从字面上看，汉武帝要显示大汉帝国的赫赫武功与煌煌天威。

张掖郡，西汉帝国从刘邦白登山战败，到汉武帝决定对匈奴全面开战的七十余年之间，一直被匈奴挤压在黄河上中游一带，西汉王朝经惠帝、文帝、景帝到武帝时期，已经足够强大，所以有张掖——"张国臂掖，以通西域"的意思。

◉ 河西伽蓝春色

酒泉郡。相传名将霍去病从匈奴手中夺取焉支山，汉武帝赐酒一罐，但一罐美酒不够三军将士喝，于是，霍去病下令把美酒倒入泉水，三军痛饮。

公元前111年，西汉政府完全收纳河西走廊之后，在它的最西端设立敦煌郡。

敦煌——"敦，大也；煌，盛也"，敦煌即盛大辉煌的意思。也有人认为敦煌是希腊语，古斯基泰人（希腊人）曾经到过这里。

敦煌扼守河西走廊西端，西行可经西域到中亚、南亚、西亚和欧洲，向东过河西走廊可达都城长安，是古丝绸之路上的交通要冲。南朝人刘昭称敦煌为"华戎所交一都会"。

汉代以后敦煌改称"沙州"。因为这里已经是库姆塔格沙漠和阿尔金山无人区交界的广大沙碛地区。

再有就是"两关"。

玉门关是新疆和田玉通往内地贩运玉石的必经之地，从西汉开始，中央政府在这里设关卡，管理玉石之路的安全与税收。

阳关的"阳"，在古汉语中山南曰阳。阳关在玉门关的南边，扼守天山南路，故称阳关。

⊙ 玉门关遗址

◉ 阳关故址

　　"两关"正好扼守天山南北两路的交通要道，既是汉唐时期守卫河西走廊的军事要塞，也是丝绸之路上商旅的物资补给站。

　　无论是"西出阳关无故人"，还是"春风不度玉门关"，"两关"之外的苍凉荒莽之地，就是汉唐帝国辽阔而遥远的边地——西域了，把河西走廊控制在中央政府的手中，是保证西域归属的重要措施。

　　祁连是古匈奴语"天"的意思，祁连山就是天山，但与今天新疆境内的天山是两回事。

　　从张骞"凿空"河西走廊后，汉帝国与西域、中亚和西亚直到罗马帝国的交通线已经打开。史载河西走廊上的胡商"相望于道"，中西经济文化交流全面展开，中原人知道了胡麻、葡萄、菠菜、胡乐、胡舞……而中国的丝绸、瓷器、农耕技术，也传到了西域、中亚、西亚、欧洲。

　　在19世纪，张骞"凿空"的西域交通道路，被德国地理学家李希霍芬称作"丝绸之路"。

　　这是个非常美的名字。

这里从汉代就叫河西四郡，那为什么今天叫甘肃？

甘肃这个地名起于隋，隋文帝开皇年间撤销了酒泉郡，改为肃州。

武德元年（618），张掖改为甘州，今天的甘肃就是隋唐时期甘州和肃州的合称。

另外，唐武德二年（619）在敦煌设沙州。

武德五年（622）改为西沙州。

到贞观七年（633），唐太宗改西沙州为沙州。这样敦煌的名字也改掉了。

武威改为凉州的时间更早。汉武帝元封五年（前106），分天下为十三州，每州设一名刺史，史称"十三部刺史"。武威郡属凉州刺史部，凉州之名自此开始。

曹魏时期，以及东晋、十六国时期，前凉、后凉、南凉、北凉及唐初的大凉，都曾建都于此，古凉州这个名字便长久地保留下来。

甘肃名称的最后确定，是元代设立的甘肃行省。

甘肃与黄河的关系是什么？

这主要是经济的互惠和文化的交流。

古代丝绸之路上的各国商人到长安去做生意，必走河西走廊。那时西亚、中亚的各国商人要在阳关或玉门关换取通关文牒，然后沿着河西走廊，到陕西长安。再由长安将贸易货物转运到长江流域或珠江流域；而中原内地的丝绸、瓷器、手工艺品等也要通过河西走廊运往中亚、西亚，乃至欧洲。这是经贸联系。而文化联系更早。

河西走廊东端的武威有最重要的文化古迹——"武威文庙"。其实，在霍去病对河西走廊的军事征伐完成不久，内地的文化教育就在跟进。董仲舒"独尊儒术"的儒学教化来到河西走廊，武威文庙所代表的儒家学说中的"陇右学派"，就是黄河文化进入河西走廊最好的证明。

河西走廊西侧的敦煌更具文化多样性和代表性，莫高窟给人的感觉就是多种文化在这里交汇。

佛教在西汉末年到东汉初年从印度经过中亚、西域沿河西走廊传入黄河流域的；莫高窟中多种犍陀罗风格的佛教雕像和壁画，保留了浓郁的希腊

◉ 武威文庙牌楼

◉ 武威文庙

文化的风格；后来，伊斯兰文化也传入河西走廊；而河西走廊同时还保留了传统的游牧经济、绿洲经济和草原文化。

所以直到今天，我们依然可以感受到黄河文化在河西走廊接纳和吸收了希腊文化、印度文化、伊斯兰文化的营养，并且和原有的草原文化与中原的儒家文化结合之后，保留了敦煌莫高窟、张掖大佛寺、武威学宫、鸠摩罗什宫等文化融合互补的经典之作。

◉ 莫高窟叠楼

◉ 莫高窟

自张骞通西域后，整个汉唐时期，河西走廊出现了河陇地区沃野千里，胡商蕃客穿行如织的景象。"天下称富庶者，无如陇右"，一批旷世胜迹，也陆续出现在河西走廊。

公元4世纪，一位西域胡人高僧来到了河西走廊，不过，他最初的身份是"战俘"。这位高僧就是鸠摩罗什。

前秦建元十八年，大将吕光灭龟兹国，把高僧鸠摩罗什从天山南麓的龟兹国，劫掠到凉州。这位高僧在凉州生活长达17年之久。

在这17年中，鸠摩罗什宣讲大乘佛法。由于他的佛学知识渊博，在整个河西走廊的影响如日中天，佛教也在这个时期的河西地区飞速发展，上至割据政权的首领、高官富豪，下至黎民百姓，人人信奉佛教。河西四郡中，伽蓝寺院遍布，诵经香烟缭绕，尽管统治者在河西走廊地区走马灯似的频繁调换，但鸠摩罗什一直都是国宝级的人物，直到公元401年，他被另一个军阀姚兴亲自接到陕西长安，尊为国师，才结束了鸠摩罗什在河西走廊弘扬佛教的生涯。

但鸠摩罗什在河西走廊的影响，却是长久的。

这种影响长达几个世纪。今天甘肃的武威市，还保留着鸠摩罗什庙——当年他设坛讲经的地方。

鸠摩罗什是西域与河西走廊佛学理论研究方面的一大宗师，无论是他生前还是圆寂之后，佛教文化都为河西走廊留下了深刻久远的影响。

⊙ 鸠摩罗什像

这种深刻的影响，遗留给后世的象征性代表，就是敦煌的莫高窟和天水的麦积山石窟。

先说莫高窟。

⊙ 鸠摩罗什庙

现存莫高窟佛像雕塑与绘画，都开凿在石质疏松的砾岩上，这种砾岩无法精雕细刻，所以多采用泥塑彩绘和壁画的形式表现内容，它以传统的汉晋中原文化为基础，融合了印度佛教、希腊雕塑和中亚、西亚文化的多种元素，集建筑、彩绘、壁画于一体，形成了在艺术风格上海纳百川的宏大叙事方式，讲述各类佛教故事，以教化信众。

敦煌莫高窟开凿于 4—14 世纪。1000 年的集体劳作，留下了众多历代佛教雕像和壁画，保留了风格各不相同的珍贵雕塑与绘画，反映了历朝历代不同的美学风格，同时也展示了丰富多彩的佛教世界。

莫高窟中的各种佛陀、菩萨、弟子、天神、金刚、力士、飞天羽人、动物、建筑、器物、山水、花鸟、莲花、花砖、瓦当、服饰、佛经文字等，把佛教本生、因缘、因果、轮回的过程，展现给世人。

更重要的是敦煌莫高窟把各个历史时期各阶层的服饰风格、器皿器型、家具式样，甚至生活场景的久远信息，留给了后来的历史研究者。

敦煌莫高窟中各种各样的绘画雕塑非常值得关注，它除保留有中原文化的风格之外，希腊的雕像、印度的佛陀、西亚的歌舞、草原的骑射等外来异质文化的影响非常明显。敦煌，也包括整个河西走廊，展现给当时世界的绝不仅仅是开放的河西走廊、开放的甘肃、开放的黄河流域，而是整个开放的汉唐帝国。

正因为汉唐时期的黄河文明具有巨大的开放性、包容性和文化自信，才产生了令世世代代黄河儿女倍感骄傲的汉唐雄风。更重要的是，黄河文明在那个时代所展示出来的文化大度、开阔视野、兼容并蓄、海纳百川的胸襟和包容天下的自信。不仅丰富了中华文化，也为中华文化注入了极其宝贵的、新的多种文化元素。

甘肃省天水地区，属于黄河最重要的第一大的支流——渭水流域。这里从远古到中古时期文化非常发达。

远古时代的神话传说人物伏羲和女娲，祖籍都在天水，那应该是在6000到4000年前的某个时代，也是黄河流域从史前文化时期的母系氏族社会向父系氏族社会过渡的时代。

伏羲是天水的骄傲。他与女娲娘娘是传说中的夫妻。

◉ 伏羲庙

如此推断，这可能是一个从母系氏族社会向父系氏族社会过渡的历史时期。

伏羲被后人称之为"人祖"，是一位很久以前的部落联盟首领，或者叫"方国"的首领，早于黄帝和炎帝生活的时代。

伏羲时代的先民开物成器、垦荒作田、化兽为畜、聚土成陶、驱牲以牧、共存共生、互通有无，创造出史前文明的一个飞速发展期。

在自然万物频繁的互动中，先民们将对世界的观察，对族群的体认，化金木水土为各种美器，百业俱兴、生作始焉，中华之魂由是发轫。

这就是伏羲时代的社会情景。

传说中的伏羲是人类迈进文明门槛的重要人物。他教会了人们罟网捕鱼、狩猎、畜牧；做八卦占卜、开启原始巫术的先河；造书契、文字，制琴曲、音乐；尝百草、制九针，开启了中国医学，等等。

其实，一个人不可能把整个时代的发明创造都做完，但伏羲是那个时代的代表人物，后人便把发生在那个历史时期所有的发明创造，都给了这位神话传说中的人文始祖。

伏羲时代是一个非常重要的历史时期，是黄河流域文明的肇始阶段。

天水市麦积区有中国古代最著名的四大石窟之一——麦积山石窟。

麦积山是秦岭西部的余脉，也是渭河流域与嘉陵江、汉江流域的分水岭。从这个意义上来讲，麦积山也可以说是黄河与长江的分水岭。而且，麦积山属于东南季风区。和敦煌的莫高窟、云冈石窟、龙门石窟一样，这里最重要的文化宝库就是麦积山石窟。

麦积山石窟里保留了大量的佛教塑像，从魏晋南北朝一直到清代。其中，最有代表性和最有价值的部分，是宋代佛教雕像。宋代雕像瘦骨清相、眉目低垂，微笑中透露出世俗社会普通人的喜怒哀乐，这明显异于宋代以前的佛雕风格。北魏"现世佛"的特点是威严，唐代佛雕的特点是丰腴肥满，这些特点在麦积山石窟里消失殆尽，佛像的表情化解在对世俗社会的人间情感和普通人的喜怒哀乐之中。这些佛雕无论从发髻还是衣衫褶皱等细节上，依然若隐若现地透露出希腊犍陀罗和印度佛像的风格。

◎ 麦积山石窟

◉ 麦积山摩崖石刻

河西走廊在汉唐时期，是中国经济文化与外界世界交流的大走廊，也是多民族文化开放与融合的重要通道。

历史上的甘肃因河西走廊而成为中国舞台上威风八面、举足轻重的地区，是中原地区对外开放的通道。但是在宋代以后，甘肃与河西走廊的作用逐渐减弱，甘肃开始走向衰落和贫困。

究其原因，赵宋王朝已经无力伸手河西走廊。兴起于西北的党项羌人，建立了西夏王朝并控制了整个河西走廊。这是一个尚武的游牧民族。

他们赶走了河西走廊西端的回纥人，却把那里变成牧场，同时断绝了河西走廊的交通，中西方经济、文化、贸易的通道也随之消失。

此外，东南沿海一带的海运开始发达起来，特别是南宋以后，江苏的刘家港、福建的泉州、广东的广州成为重要的航运中心，中国与世界的经济贸易交流更多通过海上丝绸之路航运完成。

尽管如此，在甘肃狭长的地域范围内，黄河文化与河西走廊开放交融的文化叠加，构成了中古时代甘肃文化的主线。在黄河岸边或河西走廊上，随时随地都可以感受到它的存在，在两千多年历史文化的流变当中，它已经成为中华文化的一部分！

◉ 阳关烽燧

项目 3　天下黄河富宁夏

1. 宁夏回族自治区的开发

黄河从白银市靖远县出甘肃，在中卫平原的南长滩进入宁夏回族自治区（简称宁夏）。

宁夏回族自治区的面积只有 6.64 万平方千米，但地貌复杂，包括山地、平原、沙漠、戈壁、石林、黄土堆积区等。地势从西南向东北逐渐倾斜。黄河从宁夏回族自治区中卫入境，向东北斜贯于平原之上，顺地势在石嘴山出境。

宁夏回族自治区段黄河干流总长度为 397 千米，流经中卫市、沙坡头区、中宁县、吴忠市、青铜峡市、利通区、银川市、灵武县、永宁县、兴庆县、贺兰县、平罗县、石嘴山市，在惠农区贺兰山东侧的黄麻沟流出宁夏境，沿黄地段均属于黄河几字弯地区。

黄河干流有 182 千米从中卫市流过，这里是腾格里沙漠、黄土高原与宁夏西套平原的接合部。

由于有黄河水利之便，中卫市享有"塞上江南""鱼米之乡"的美誉。

中卫市东南部，是腾格里沙漠的一角，包兰铁路有 140 千米穿沙铁路线从腾格里沙漠中穿过。在十几米厚的黄沙上铺设铁路，这在很多国外的铁路工程师看来是不可行的。修建包兰铁路时，苏联专家就认为："不出 20 年，在大风沙和松软的沙土地基上运行的铁路就会被废掉。"但 40 多年的固沙和沿铁路种植沙生植物的绿化行动持续不断，包兰铁路也畅通无阻，这是人类铁路史上的奇迹。腾格里的治沙和绿化荣获联合国 "全球 500 佳环境保护奖"，采取的防沙、固沙技术，曾获 1987 年"国家科学技术进步特等奖"。

黄河在腾格里沙漠东南角拐了一个大大的"U"字形，拐弯处便成了宁

◉ 宁夏沙坡头

夏著名的旅游景区——沙坡头。

黄河、沙丘、驼队、古烽燧、长城、羊皮筏子、白茬皮袄红肚兜，伴着高亢嘹亮的唢呐声和"花儿"的唱腔，俨然一幅生动的西部风情画。

黄河离开中卫市沙坡头穿越吴忠市青铜峡。青铜峡的拦河大坝横跨在贺兰山和牛首山之间，是黄河上游最后一个大峡谷。

新中国成立初期，国家在青铜峡地区修建了大型黄河水利枢纽工程，结束了宁夏两千多年来无坝引水的历史。

青铜峡水利枢纽工程把秦渠、汉延渠、唐徕渠、西干渠、红花渠、惠农渠等9大历史干渠的取水口汇集在一起，利用黄河水资源实施整个河套灌区的自流灌溉，保证了工农业生产、人民生活用水以及经济社会发展的需要，成就了"天下黄河富宁夏"的美誉。

黄河离开青铜峡水利枢纽工程，进入1.7万平方千米的银川平原（又称宁夏平原或西套平原）。这里水面宽阔，水流平缓，沿河两岸地势平坦，土地肥沃，气候宜人，而且开发利用的历史十分悠久。早在2000多年前，移居边疆的先民就凿渠引水，开始自流灌溉。

◉ 青铜峡水利枢纽工程

早在公元前215年，秦始皇嬴政命令大将蒙恬率30万秦军北击匈奴。但是，最初秦军的粮草只能由关中平原北运，无法长期坚持作战，所以秦始皇决定就地兴修水利，屯田戍边，开发包括银川平原在内的整个河套地区，以解决秦军的粮草问题。

公元前211年，秦政府从内地迁3万户黔首约10万人，在"北河"垦殖戍边。政府还为他们提供耕牛、籽种和农具。

银川平原开始了最早的农耕活动。

银川平原和包括今天鄂尔多斯沿黄河以南的农耕地区，在秦代被称为"河南地"（因在黄河以南而得名）。那时候河套地区还有一个名字叫"新秦中"，因为这里是蒙恬为大秦帝国新开发的土地，又与秦王朝国土的北部相连接，并且有黄河水利之便，土地膏腴肥沃，当时的秦人希望它像关中平原大粮仓一样。

元狩三年，汉武帝命令霍去病北逐匈奴后，再迁70万人到"新秦中"进行屯垦。宁夏地区的农业开发，在秦汉时期已经颇具规模。

用黄河水灌溉银川平原起于秦代，到今天宁夏平原上还保留着秦渠、汉渠、唐来渠，这些古渠道遗址见证了宁夏河套地区水利发展的历史。

黄河流过宁夏川，沿贺兰山南麓、东麓前行，形成黄河干流在几字弯西北角的大转折。

贺兰山原为匈奴贺赖部落的领地，后来人们取贺赖的谐音，把这座南北走向的大山，称为贺兰山，又名阿拉善山。

位于宁夏回族自治区和内蒙古自治区交界处的贺兰山北起乌海市附近，南至青铜峡。南北长约220千米，东西宽20~40千米，南段山势舒缓平坦，三关口以北地势较高，海拔2~3千米。贺兰山的主峰为敖包疙瘩，海拔约3556米，是宁夏回族自治区与内蒙古自治区境内的最高峰。

贺兰山又是中国西北地区重要的地理分界线，山体的东侧临银川平原，西侧为阿拉善高原和腾格里沙漠。由于山势的阻挡，贺兰山既削弱了干燥寒冷的西北气流进入银川平原，又遏制了腾格里沙漠的东移，同时，也阻止了潮湿的东南季风西进阿拉善高原。

贺兰山自古又是兵家必争之地。大秦帝国崛起之后，立即开始和匈奴争夺贺兰山；到西汉汉武帝时，更是对贺兰山志在必得。

贺兰山易守难攻，同时也决定着西北疆土的得失，掌握贺兰山，对国家的国土和边防安全有极大的帮助。历史上的西夏王朝，就曾经把贺兰山作为自己的疆土，牢牢地掌握在自己手里，并且派重兵把守。

贺兰山的战略地位直接导致自秦朝以来数千年漫长的时间里，贺兰山周边经常出现刀光剑影、马革裹尸的场面。

明太祖朱元璋登基之后，以贺兰山为界建立了长城防线。中国的各大山系之中，没有一座像贺兰山那样，在整个中古时代几乎一直处于战争的状态，直到清朝统一，并且把漠南漠北大地纳入中华版图，贺兰山的军事价值才渐渐隐退。

另外，"宁夏"的名字是和羌族的一段历史紧紧连在一起的。

晚唐时期，党项羌部落的首领拓跋思恭帮助唐王朝镇压黄巢起义有功，公元 882 年 7 月，被唐僖宗封为"夏国公"，赐国姓"李"。其后代在今天银川平原地区建立割据政权，史称西夏。西夏政权曾经给北宋王朝留下很多麻烦，于是，希望西夏安宁的愿望就变成"宁夏"这个名字。

2. 贺兰山下的西夏烟云

宁夏旧博物馆坐落在银川市中心一座古色古香的四合院里。

很远就能够看到耸立的塔顶，那是 1049 年西夏毅宗建的十三层承天寺佛塔。它孤独、倔强、默默地屹立在中式院落的树影花丛里，仿佛讲述着党项羌建立的"邦泥定国"全盛时期的繁盛。

党项羌的 "童年时代" 是在古松州以西的九寨、黄龙一带游牧，并且以古松州为中心，向北、向西、向南绵亘数千里的雪山草原，都是党项羌祖先世代游牧的高山草原，而白水则是自称"弥药"的党项羌文明的发源地。

唐代，党项羌部落就是从嘉陵江上游的白龙江一带，向东北方向，一路筚路蓝缕，游牧东迁，逐步远离川西高原，陆续迁移到了陕、甘、宁、青、

◉ 西夏博物馆

内蒙古一带。

宁夏博物馆里陈列的贺兰山岩画，正是西夏文字创立之前，从西南游牧而来的雪山党项羌人在岩石上记录下当时的生存环境、图腾崇拜、生产生活的遥远的绝响！

那是无声的史、无韵的歌，是让人遐思无限的历史绝唱！

公元 9 世纪，以拓跋赤辞家族为首的党项部落贵族兴起。各部落在征战兼并中渐渐统一并且变得强大。

青藏高原上的吐蕃王朝称其为"弥药"，唐中央政权把它叫作"党项"，而统治漠北的突厥汗国则用党项的谐音"唐兀特"来称呼它。

唐自"安史之乱"以后，藩镇割据，社会动荡，阶级矛盾尖锐。拓跋思恭时期，正赶上王仙芝、黄巢领导的唐末农民战争爆发。拓跋思恭因协助唐中央政权打击农民战争有功，党项贵族的势力越来越大，以至后来拓跋氏家族坐拥西北，881 年成为雄踞一方的夏州节度使。

1002 年，党项首领李继迁攻陷宋朝重镇灵州，后又攻取西北重镇凉州，彻底截断了西域通北宋的商道，并且禁止西域各部与宋的马市交易，严重影响了北宋军事力量的发展。

1032 年，一代枭雄元昊即位。他西袭西州回鹘，苦战二百多天，夺取了肃州、

◉ 西夏王元昊像

沙州、瓜州，控制了整个河西走廊，南侵宋，夺兰州、临洮。全盛时期，西夏领土"东尽黄河，西界玉门，南接萧关，北控大漠，地方万余里"。

　　元昊终于在1038年正式称帝，建立大夏国。大夏国又自称"邦泥定国"或"白上国"。

　　西夏的都城兴庆又称中兴府，是今天的银川。西夏王陵就坐落在银川城北、贺兰山脚下一片广阔的大川上。关于这片大川和王陵，有很多神奇的民间传说。

　　王陵区本是贺兰山下的一处低洼地，可是雨季洪水从贺兰山奔流而下，却总是绕着王陵区走。最神奇的是1956年雨季，特大暴雨倾盆而下，贺兰

山山洪暴发,黄河倒灌银川平原,在低洼地形成了今天的著名湿地风景区——沙湖。

但是,贺兰山脚下的西夏王陵,却安然无事。

1937年11月5日,日军飞机轰炸银川时,曾经轰炸那些用黏米浆混合黄土建造的西夏王陵,却怎么都无法炸开。

进入陵区,首先映入眼帘的是最高大的西夏开国皇帝——元昊的陵寝。

元昊无疑是强悍的。西夏雄风的刮起,无论怎样,都要从他说起。

元昊用兵之前,必先带领劲兵进行大规模狩猎。天空中雄鹰翱翔,贺兰山下的平川大地上,奔跑着黄羊、麋鹿、苍狼、野兔……西夏的铁骑弥漫原野,

◉ 西夏王陵

纵横驰骋。他们在草原上围猎的同时，一支强悍尚武、能在战场上来去如风、锐不可当的"铁鹞子"骑兵也训练而成。

而赵宋王朝则"兵久不用，人未知战"！

在西夏建国后的数年里，元昊与北宋进行了三川口、好水川和定川寨三大战役，大获全胜！西夏大军长驱挺进，如入无人之境。在纵横六七百里的战线上，进行大扫荡、大掳掠，然后全师而退。北宋则一战不如一战，军事上的节节败退，导致生产荒废，物价飞涨，民变不断。于是，只能向西夏赔款以换取"和平"。

元昊不仅善战，也很善于学习。

尽管西夏文字是他父亲明德时期创立，但元昊时期却极大地丰富、普及了西夏文字。他还效仿唐宋制度，建立行政框架——尚书省和枢密院，管理全国各地的军政事务。完善西夏文字、实行科举考试，这些措施极大地提高了党项羌人的文化水平。

元昊统治时期，党项羌社会迅速地从奴隶制向封建制过渡。这是历史的进步，也是西夏后来的立国之本，为西夏王朝的巩固和发展，奠定了重要的基础。

元昊连年用兵，劫掠了大量的财富，却基本归为己有，这引起其他党项贵族集团的不满。元昊对他们的政策是残酷杀戮，其中包括卫慕氏、野利氏，这些贵族集团都是和西夏拓跋氏家族累世通婚的显赫外戚，是和拓跋氏家族一起东征西讨，打拼西夏江山的重要政治势力。元昊对他们的打击，大大削弱了西夏的统治基础，政治局面越来越紧张。

另外，战争导致西夏社会生产凋敝，民生困苦，而大量青壮年却被元昊征集，大兴土木工程，在兴庆城里"作避暑宫、逶迤数里、亭榭台池、并极其胜"。后来又役使数万丁夫，在贺兰山东侧建离宫，终日与后妃宴游其中。

更为不堪的是元昊见太子妃貌美竟自己纳之，引发太子不满。皇后野利氏忍无可忍，与太子密谋刺杀元昊。终于，在元昊夜饮酒醉之时，太子进宫用刀砍伤了他。元昊酒醒震怒，太子惊走。次夜，元昊因失血过多而毙命，享年46岁。

◉ 西夏贵族翁仲

元昊死后，西夏再也没有一位帝王有元昊那样的雄才大略和战斗精神。加之与辽、宋、金及后来的蒙古连年作战，国力每况愈下，党项雄风不再，"白上国"的太阳就要陨落了。

尽管西夏曾经雄踞西北、坐拥一方，银川平原也是一块风水宝地，但当时整个西北地区总体地广人稀。党项羌"不事耕稼"，游牧经济十分脆弱，所以和东北部强大的契丹、北宋相比，无论是生产力水平、经济体量还是人口基数，都不占优势。

所以，灵活处理辽、宋、西夏三国之间的关系，组建能征善战的军队，是谋求自保的两大重要条件。

西夏与辽、宋之间都有战争，但又很会在两国之间走平衡木。

辽、宋因幽云十六州地区的争夺战争，早已成为世仇。元昊利用这个矛盾，以西夏利益为中心，以机会主义为手段，游刃有余地游荡其间。

1044年，辽因对西夏与北宋订立"和约"不满，契丹皇帝耶律宗真亲征西夏。

元昊一面卑辞请求停战，一面撤退军队，每次撤一百里，并放火烧掉草原上的牧草，共撤三次。结果，契丹骑兵马无食草。元昊又故意拖了几日，然后西夏军队以少量精兵向契丹大部队发起猛烈进攻。

契丹军队大败，元昊以少胜多，契丹皇帝"单骑突出，几不得脱"。

元昊这时却又主动归还战俘，与契丹修复外交，契丹只得自认倒霉，不敢轻犯西夏。

西夏在元昊以后，基本上与辽国保持藩属国的关系。但是，新的情况出现了。1115年，完颜阿骨打建立了女真金政权，在金王朝的不断打击下，辽国天祚帝被俘，辽灭亡，西夏对辽的依靠尽失。

北宋经历了"靖康之难"，在1127年被金灭亡。

黄河流域的北宋旧地成了大金国的新领土，西夏完全被强悍的大金国包围。尽管两国间也有过几次战争，夏、金双方都没有占什么便宜，反而削弱了双方的精锐。

更糟糕的是，西夏国内连年灾荒，民变不断。

1143 年，首都兴庆发生大地震，经月不止，地裂泉涌，"出黑沙，阜高数丈，广若长堤，林木皆没"。可以想象西夏政权当时处在怎样的内外交困、风雨飘摇之中。

但是，过惯了骄奢淫逸生活的西夏皇族，依然挥霍无度，国内民众已经搜刮不到什么油水，便去抢掠金国土地。

双方战事不断，等到他们发现大漠草原上另外一个更为强大的蒙古帝国已经兴起，并在夏、金都意识到自身的生存危险罢兵议和的时候，一切都已经太迟了。

13 世纪，整个亚欧大陆的温带草原，都是新兴的蒙古帝国的牧场。

铁木真在征服了塔塔尔、弘吉剌、汪古、克烈、乃蛮、蔑儿乞等部落之后，终于在 1206 年的斡难河大会上，成了蒙古帝国的大汗——成吉思汗。他统治了东起黑龙江流域，西到阿尔泰山的广阔地区。蒙古铁骑的征战，也开始向西、向南，如山崩地裂般扩展开来。

风雨飘摇中的西夏王朝，做了悲壮的殊死抵抗。

1226 年至 1227 年夏，成吉思汗围攻灵州，西夏军队英勇抵抗，蒙古大军遇到少有的损失。战争进行到 7 月，成吉思汗罹患重病，临终前叮嘱部将进攻西夏的战争不能停止。

此时，中兴城已经被围攻半年，粮尽援绝，军民困病，再也无力支撑下去。西夏末主睍 亲赴蒙古大营乞降，被蒙古军执杀。

黄河东流去。

它送走了古老的党项羌族，却依然在宁夏银川广袤的西套平原上蜿蜒流淌。这里自古以来就是多民族生息、繁衍、聚集的交融之地，也是古丝绸之路上少数民族和北方草原、中亚、西亚乃至欧洲商旅进入中原的重要孔道。

"江山如画，一时多少豪杰。"

项目 4　大河走过内蒙古高原

1. 黄河百害，唯富一套

黄河流出宁夏回族自治区石嘴山惠农区的麻黄沟，流入内蒙古高原。这是中国的第二大高原，也是蒙古高原南部的一部分。

内蒙古高原东起大兴安岭，西连甘肃河西走廊的北山山系，南界为祁连山到长城一线，北抵中蒙边界。

黄河在内蒙古自治区界内流经乌海市、阿拉善盟市、巴彦淖尔市、包头市、乌兰察布市、呼和浩特市和鄂尔多斯市 7 个盟市，全长为 843 千米，流域面积 15.2 万平方千米，约占黄河干流的六分之一。

阿拉善与乌海段黄河干流的西侧，是贺兰山和"贺狼缺口"的沙碛地带，东侧是鄂尔多斯高原，西侧是阿拉善高原。黄河作为两大高原的界河，从高原大地的夹缝中由东南折向西北，形成黄河几字弯西侧南北向干流的主河道，并且直抵阴山最西端的狼山脚下。

从贺兰山北麓到阴山西麓（狼山段）之间，有一条长约 180 千米的自然缺口。由于这个缺口正好在北半球西风带上，每年基本上有 8 个月以上刮大风。这条风带从天山北麓的哈顺戈壁一直到库姆塔格、巴丹吉林和乌兰布和沙漠地带，形成宽约 400 千米、长约 800 千米的大风通道。

由于大风和地形的"狭管效应"，这个亚洲腹地巨大的沙碛地带每年有一亿吨左右的沙土，从这个缺口吹过黄河与河对岸的巴彦淖尔、鄂尔多斯台地。气象专家指出，阿拉善的沙尘暴可以通过"贺狼缺口"吹到北京。所以，"贺狼缺口"的防风固沙带建设刻不容缓。

黄河从阴山脚下向东奔流，肥沃的河套平原上良田万顷。

人们习惯上把乌拉山口的乌拉特前旗池家圪堵村以东，到呼和浩特市辖

◎ 狰狞的贺狼山口

托克托县河口镇的黄河冲积平原称为前套平原；而把乌拉山口以西到巴彦淖尔市磴口县的沙金套海段平原，称为后套，或大后套平原。

黄河流经巴彦淖尔市磴口县的哈腾套海地区时，由于受西侧阿拉善高原和北侧阴山山脉阻挡，被迫由西南折向东方，形成几字弯最西北角的干流河道。

秦汉时期，河套垦区北侧的阴山南坡植被覆盖率非常高，与今天的阴山南坡光秃秃的景象完全不可同日而语。

今天，在黄河几字弯西北拐角处的沙金套海地区，依然保留有汉代窳浑古城遗址和周边大量汉代的墓葬群，由此可以看出汉代屯垦时期的繁华。

在黄河几字弯西北角磴口县哈腾套海林场以北，今天是杭锦后旗太阳庙乡辖地，保留了历史上的北河的遗迹，因河水大量溢出，形成巨大的古代湖泊——屠申泽。

郦道元的《水经注》记载："河水又北迤西溢于窳浑县故城东……其水积而为屠申泽，泽东西一百二十里。" 这片与黄河干流连在一起的大湖，曾经是调节后套西北角黄河水患的重要湿地湖泊。

我曾经在杭锦后旗走访过地方史办公室的负责人黄积录先生，向他了解屠申泽情况时，他对我说：1697年2月，清康熙皇帝第二次亲征噶尔丹时抵宁夏，回銮京师时走了一段黄河水路。他从宁夏乘舟沿黄河干流北上，经屠申泽——北河（清代以前的黄河干流，今称乌加河）一路而下，走过整个黄河几字弯地区，在河南弃舟登岸返回京师。

康熙回銮京师的路线我没有考证过，只是把屠申泽所在地"史官"的口述史记录在这里。

屠申泽自西汉时期开始有记载，一直到清道光年间开始逐渐干涸，全盛时期的水面达600平方千米。随着乌兰布和沙漠东侵，加之每逢暴雨山洪下泄，大量泥沙随洪水进入屠申泽，屠申泽也开始被流沙淤塞。清中期以后，黄河北河道与屠申泽因泥沙淤堵而逐渐分离，曾经的大泽无处补水，开始逐渐干涸。

新中国成立初期，屠申泽只有12.3平方千米。20世纪60年代初，水利部门调查时显示，屠申泽只有2平方千米，基本干涸。阴山雨季暴雨下泄，屠申泽低洼处可以出现蓄水和小片水泊，旱季干脆消失。杭锦后旗有关部门开发当地旅游，建立"沙海生态旅游区"，开始向屠申泽洼地注入乌加河水，生态有所恢复。

巴彦淖尔段的黄河，离不开当地人讲的"总排干"。"总排干精神"是巴彦淖尔人艰苦奋斗的象征。

1975年深冬，为解决河套地区土地盐碱化问题，当时的巴彦淖尔盟盟委、盟政府发起了整治总排干沟的大型水利工程。从杭锦后旗的太阳庙，到乌拉特前旗乌梁素海，200多千米的总干沟上，二十几万民工在冰天雪地的冻土地带，用西锹、箩筐人挖肩挑。沿途村庄给民工送上大渠的饭都是冻成冰壳的馒头，谷米稀粥表层冻成了薄薄的一层冰片，加一点带着冰碴的烂腌菜。

整整一个冬天，总排干沟工程共挖掘215千米总干沟，建成大型闸口、涵洞、渡槽267处，疏通和新建大干渠12条、分干渠30条，开挖支渠、斗渠、农渠、毛渠15200多条。在215千米的总排干渠沟上，共修建扬水站130处、排水站30个，完成土方305亿立方，这一切都是在冰天雪地的冻土地带，人挖肩挑的劳动成果。

总排干沟工程为后套地区的水利灌溉和防治土壤盐碱化、改良土壤，起到很大的作用。

位于巴彦淖尔市磴口县的总干渠龙头枢纽工程，又称"三盛公水利枢纽"，是整个河套灌区水利灌溉的总开关，1958 年开始兴建，1967 年竣工，是专为后套地区引黄灌溉的水利工程。这是黄河水进入河套灌区的总入口，由西向东纵贯整个后套地区，总长 230 千米。设计最大引水流量 563 立方米每秒。总干渠下设 4 个分水枢纽，将过去在黄河上直接开口的 12 条古干渠分别合并串联，河套平原的农业用水由总干渠下的 4 个分水枢纽供水。

总干渠灌溉面积 800 多万亩，成为全国最大的自流引水灌区。

三盛公水利枢纽把黄河分为两支，北河又称乌加河，是古黄河的干流。两河环抱的地区就是乌梁素海。

这片大湖湿地形成于 1850 年前后一次黄河水患与改道。低洼地成了湖泊，也淹没了一座唐代古城，即镇守阴山河套地区的天德军要塞。郭子仪曾任天德军使，兼九原太守。

今天的乌梁素海，风景如画、水天相接、苇丛茂密，鸟类资源非常丰富，有"塞外明珠"的美誉。

乌梁素海的总面积最大时是在 1949 年，达到 800 平方千米。因受环境

⊙ 黄河三盛公水利枢纽

影响，也包括历史上人为地围湖造田等破坏性生产方式的影响，现在乌梁素海保留 300 平方千米的湿地面积。

近年来，从黄河向乌梁素海保护性的补水工程已经开始。

今天的乌梁素海保护区面积为 372 平方千米，是我国北方重要的生态屏障，是地球同纬度最大的湿地，是全球范围内荒漠半荒漠地区极为少见的大规模、多功能湖泊。

由于地处亚欧大陆中部，乌梁素海还是地球八条候鸟迁徙的中亚路线通道，也是候鸟繁殖地和迁徙的停歇地。乌梁素海苇蒲丛生，水草富集，为鸟类提供了丰富的食物来源和良好的栖息环境，每年有 600 多万只鸟类在此繁衍生息。

◉ 乌梁素海

2. 黄河几字弯西北角

地理环境

黄河流出宁夏石嘴山惠农区的麻黄沟，便进入内蒙古高原。

由于西有贺兰山，东有鄂尔多斯台地，夹在两块高地当中的黄河干流折向北行，形成了黄河几字弯西侧南北向的河道。它在乌海界内北行105千米后，进入巴彦淖尔市磴口县沙金套海，和鄂尔多斯市杭锦旗208险工段相对处，便到了黄河几字弯的西北角，由于遇到北侧阴山余脉狼山段的阻挡，黄河干流开始折向东方。

这里是黄河纬度最高的地方。

站在几字弯的西北角眺望阴山，可以看到阴山最西段的山体向西延伸，并且逐渐融入阿拉善高原。这里正好在地球的西风带上，同时也恰巧在北半球的沙漠带上（北纬35°到50°）。它是一条极其广阔的沙碛地带，贯穿了我国华北西部到整个西北地区，穿越新疆天山南北的塔克拉玛干沙漠和古尔班通古特沙漠。向西连接着更为广阔的中亚、西亚、阿拉伯沙漠和更西端北非的撒哈拉沙漠！

黄河几字弯西北角恰好在北半球沙漠地带的中间。西风带的狂风从新疆的哈顺戈壁、甘肃库姆塔格沙漠、河西走廊、内蒙古的巴丹吉林及乌兰布和沙漠吹起的沙尘，穿越阴山西段的狼山与贺兰山之间的贺狼山口，一路由西向东，每年将1亿吨黄沙从我国西部的沙漠地带，掠过黄河搬运到东方的内蒙古高原、黄土高原和华北平原，它是我国北方沙尘暴的重要来源之一。

而在阴山南麓的坡地上，随着西风带的大风西侵，乌兰布和沙漠正在向巴彦淖尔市步步进逼，威胁着后套地区的磴口县、杭锦后旗西部。

而黄河几字弯环抱的鄂尔多斯界内，库布齐、毛乌素两大沙漠不仅仅是因为黄河冲积形成的沙原，同时也与地球西风带上全年的大风有关，风把西部沙漠的大量沙尘，搬运到了鄂尔多斯地区，这与库布齐、毛乌素两大沙漠的形成，都有直接关系。

如今，令人触目惊心的土地沙化倾向，让人感到在黄河几字弯西北角治理沙漠，已经到了刻不容缓的地步。

沙漠里的绿野仙踪

黄沙滚滚半天来，

白天屋里点灯台。

行人出门不见路，

一半草场沙里埋。

这是世世代代流传下来的、鄂尔多斯民谣中风沙肆虐的情景。老辈的人们说起库布齐、毛乌素两大沙漠，总是摇头叹气。特别是春夏之交，大风卷着沙尘暴滚滚而来，一夜之间风沙就把人住的房屋掩埋了大半。辛辛苦苦盖起的新房，包括羊栏、牛舍、猪圈、马棚……都成了危房，随时有被压塌的危险。农牧民们只能含着泪水离开家园，寻找新的生存地点。

"沙害苦民久矣！"

鄂尔多斯是个地广人稀的地方，特别是狰狞的库布齐沙漠横亘在黄河几字弯西北角的杭锦旗，和周边的鄂托克旗到达拉特旗，面积达 1.41 万平方千米。靠人工造林防沙固沙，固然可以在一个较小的范围内看到绿色，但周边滚滚移动的沙丘，很快会重新吞没来之不易的绿色。

于是，人们逐渐学会了把黄河百害中的一个重大灾害 "黄河流凌" 变害为宝！

黄河每年有 310 亿立方米的水流，走过几字弯西北角，由于纬度较高、气候寒冷，每到冬季，一条闪亮耀眼的冰河铺陈在大地上，而早春来临时节，冰河融化，会形成壮观的黄河流凌，甚至冰坝！历史上冰凌堵塞河道，河水涌上河岸，淹没田园农舍的凌灾时有发生。整个凌汛期，当地黄河段平均河槽蓄水量在 14.4 亿立方米，宝贵的河水不仅被白白浪费，还给当地群众带来灾害。

怎样除弊兴利？鄂尔多斯人开始了新的探索。

2013年春天，勘探工作人员背着干粮、仪器，徒步挺进"死亡之海"——库布齐瀚海深处，进行实地踏勘、规划、调研。经过一年多的反复实地调研、勘查、论证，杭锦旗决定"变害为利，引凌入沙"。

从2014年开始，在黄河几字弯西北角的杭锦旗，首先把冰凌水从低洼地带引入沙漠，一片100多平方千米的新绿洲，出现在几字弯西北角的沙海之中！

他们建成引凌分洪闸1座，分凌引水渠38千米，累计引凌水2.45亿立方米，形成100多平方千米的沙海湿地。目前，湿地已经有20多种植物自然恢复生长，多种水鸟长期栖息于此繁衍生息。

随着年复一年引凌入沙工程的开展，库布齐沙漠生态环境发生了巨大变化，狂风肆虐的沙海在逐渐退却消失，并且十分可喜地形成了新的沿黄生态屏障带，几年内有望出现一个300平方千米的新绿洲。

沙漠绿洲的出现，释放出大量的生态红利。库布齐的沙海里，水稻田出现了，农民开始在水稻田里养蟹、挖鱼塘养鱼，在水产业方兴未艾之时，沙漠绿洲的旅游业、养殖业也发展起来了。真是"喜看稻菽千重浪，遍地英雄下夕烟"，鄂尔多斯人引凌水入沙漠，变灾害为生态环境保护的创举，开创了人类治沙史上的先河。

用现代化先进手段治理沙漠的另外一个方法是飞播造林。黄河几字弯地区北端的雨季时间不长，每年只有不足200毫米的降水，集中在七、八月间，是真正的"雨水贵过油"。每当雨水降下，鄂尔多斯人便用飞机播撒各种沙生植物的种子，大面积绿化沙漠，而且，飞播造林的效率比人工造林高得多，今天的库布齐沙漠中，出现了大片的绿色，沙进人退成为历史。以杭锦旗为例，全旗9800平方千米的沙漠，目前已经治理了6000平方千米。往日的沙海，当年起伏的沙丘，全部盖满了柠条、梭梭草、沙蓬、杨柴、花棒、紫蒿……人们眼看着曾经荒凉的沙漠变绿了！现在，鄂尔多斯人还以改善黄河几字弯西北角生态系统质量为核心，以保障黄河安全和实现滩区发展为目标，播撒绿色。目前沿库布齐沙漠已经形成了长达五千米的绿色屏障带！

除了沙漠变成绿洲，这里沿黄河的河谷成为富庶的农耕田野，每年夏秋季节，金黄色的麦海、稻田、飘香的瓜果、一望无际的玉米、向日葵田野，伸向一望无边的远方，这个地处黄河几字弯西北角旧日的沙漠地带，俨然成为美丽富庶的塞上江南！

黄河几字弯西北角的自然生态环境变了，变得更加绿色、更加环保，生态系统更加向良性循环变化，沙生农业、畜牧业、水产业的发展，甚至引起了全世界的关注。

2007年，"库布齐国际沙漠论坛"在鄂尔多斯杭锦旗七星湖召开，以后每两年举办一次。2021年，第八届国际沙漠论坛由联合国环境规划署、联合国防治荒漠化公约秘书处，科技部、国家林业和草原局、内蒙古自治区人民政府共同主办，五洲四海的沙漠学专家学者走进库布齐沙漠，世界也把目光投向黄河几字弯西北角这片曾经的瀚海戈壁。人们惊奇地发现，沙丘变绿了，飞舞的风沙被压在绿色的沙生植物之下。这里有碧绿的湖水，有湛蓝的天空，有茂密的草原，有静谧的园林！

绿野仙踪的奇迹，出现在库布齐沙漠之中。

整个世界都在惊叹，一个可持续发展的沙漠治理标本就在眼前！就在黄河几字弯西北角地带曾经的不毛之地！如此巨大的变化，是能干、敢干、实干、苦干的鄂尔多斯人民，向自己、向国家、向世界交出的一份完美的答卷。

在此，突然想到一位伟人的诗句：数风流人物，还看今朝。

2. 前套地区——草原钢城

黄河从乌拉特前旗的池家圪堵村经过，离开巴彦淖尔市进入包头市界，也进入了河套平原的前套地区。

前套历史上分为东部的乌拉特，中、西部的土默特，这两个名字是因明清两代，蒙古土默特部和乌拉特部落先后落脚在这一带游牧而得名。

新中国成立后，前套平原的主体属于包头市界。黄河在包头市九原区哈业胡同镇打不素村入境后，干流由西向东 220 千米，在土默特右旗将军尧镇八里湾村出包头界，进入呼和浩特市托克托县。

包头市段黄河水面宽 130 米至 458 米，水深 1.6 米至 9.3 米，最大流量 6400 立方米 / 秒，年平均径流量 260 亿立方米。

包头蒙语称为"包克图"，意思是"有鹿的地方"。

在历史上，包头曾经是草原丝绸之路与万里茶路的重要通道和节点城市，也是新中国成立以后第一个五年计划期间，国家重点工程比较集中的城市，钢铁、稀土、机械制造、铝业等，是包头的支柱产业。

在包头市境内，沿黄河地区有一连串内陆干旱半干旱高纬度河流湿地，如同美丽的绿色翡翠项链，点缀在黄河岸边。

首先是昭君岛湿地。这里历史悠久、战略地位重要，是秦汉时期的黄河古渡——金津渡口，也曾经是秦军通过秦直道通往阴山地区的古渡口。大秦帝国的猛将蒙恬，就是从这里率 30 万秦军渡过黄河北击匈奴的。

离黄河仅 4000 米的麻池古城，是战国时期的古城。胡服骑射改革之后，为加强管理，赵武灵王设云中郡，下辖九原邑。有学者认为九原邑治就是今天包头麻池古城，战国时代称临沃古城。

秦统一后，分天下为 36 郡，麻池古城是秦的九原郡治。汉武帝太初五年，西汉政府分九原郡为朔方和五原两个郡，今天的麻池古城就是五原郡治所在地。

从战国到东汉末年，麻池古城一直都是北方最重要的军事重镇和郡一级的行政机关所在地。

西汉时期，王昭君出塞在今包头域内的金津渡口过黄河，经五原郡治，再从石门峡谷过阴山，在阴山以北的光禄塞定居过一段时间。

所以，今天有人把包头市九原区界内黄河上的金津渡口叫昭君渡口。渡口河中心有个四面临水、草木繁盛的小岛，今人称之为昭君岛。

包头境内黄河岸边的第二个湿地景区是小白河湿地，是近年来包头市打造的供市民休闲娱乐、垂钓观河的现代旅游风景区。

再向东至东河区河东乡境内，有南海子湿地。

清道光三十年（1850），黄河改道，原托克托县城的河口镇码头被淹没，黄河绥远段的河运中心被迫从河口镇西移到包头的二里半渡口。二里半渡口成为黄河几字弯顶端最重要的河运中心，并且带动了上中游地区的陆路、水路交通运输业的发展。

包头老城的皮毛、药材、粮食、茶叶、百货等商业物流迅速兴起，在清中期以后，逐渐成为一个水旱码头和商业、手工业及物流中心。南海子湿地过去是黄河故道。老包头的"二里半码头"就设在今天南海子公园的黄河岸边。包头依托河运兴起，把走西口人聚落而成的村落蜕变成近代商业、手工业城市。

1958 年，黄河改道，南移到今天鄂尔多斯市达拉特旗的大树湾一带。当时，人们用人挖肩挑的方式，在南移的黄河与二里半旧码头之间打了一条 6 米宽的大坝，圈出的一片水面，变成了今天包头老城南海子湿地公园。如今坝体已经成为环湖公路的一部分。

南海子湿地公园水面面积 713 公顷，湿地草生面积 1664 公顷，各种鸟类达 296 种，是生态包头的重要组成部分。

从南海子向东，黄河流经共中海、土默特右旗将军尧湿地后，在土默特右旗镇八里湾村东侧离开包头，进入呼和浩特市托克托县界内，再前行抵达河口村。河口村是黄河上游和中游的分界处。

◉ 麻池秦汉古城墙遗址

◉ 秦长城遗址

3. 黄河几字弯顶端的古代文明遗迹

黄河几字弯内蒙古河段保留了众多从史前文化时期到信史时代的历史信息，并且有鲜明的地域文化特点。

下面对几字弯内蒙古段黄河两岸比较重要的历史遗迹、遗址做简单梳理。

（1）河套人文化遗址、大窑文化遗址、阿善文化遗址等众多原始公社遗迹的发现，反映了内蒙古黄河段两岸早在史前文化时期就与马家窑文化、半坡文化、大汶口文化一脉相承，内蒙古地区的"河套人文化"，自古就是中华文明在黄河流域草原地带的发源地之一。

（2）从乌海市桌子山的召烧沟，到巴彦淖尔市磴口县境内阴山深处的纳林沟、包头的达尔罕茂明安草原，到乌兰察布市的大马群山，数十万幅不同时代、不同民族创作的阴山岩画作品，向人们诉说着草原远古时期的图腾文化、生产生活、自然环境等状况。

（3）黄河几字弯北端，耸立着不同时代的古长城，保留了从战国到明代的多处长城遗迹，堪称中国的长城博物馆。

战国时代的赵长城，从乌兰察布市的大马群山、灰腾梁山、大青山、乌拉山，到狼山山口，整个穿越黄河"几"字形地带北侧的阴山山系，在呼和浩特市、包头市、巴彦淖尔市众多地方留下清晰的遗迹。而矗立在阴山山巅的秦长城，在今天巴彦淖尔市、包头市固阳县及乌兰察布市和呼和浩特市境内起伏的群山上依然有雄伟壮观的身影。汉代长城深入阴山以北的草原地带，今天巴彦淖尔、包头、乌兰察布、呼和浩特市北端，留有明显的遗迹。北魏长城和女真金长城，在阴山以北的包头市达茂旗、呼和浩特市武川县及

◉ 鄂尔多斯出土的突厥牌饰

乌兰察布草原地带有众多遗迹可寻。明长城从乌兰察布市的兴和县、丰镇市、凉城县穿过，部分墙体保留完好。

（4）秦直道起于陕西省云阳甘泉宫，向北沿子午岭山脊前行，经陕西旬邑、黄陵、富县、甘泉、安塞、庆阳、榆林，内蒙古鄂尔多斯市的乌审旗、东胜，渡黄河到包头市境内的秦九原郡治麻池古城，全长700余千米，"堑山湮谷，直通之"。

今天，鄂尔多斯市境内还保留着秦直道的遗迹。

（5）几字弯北侧的黄河两岸和阴山山脉地带，自古就是游牧文明和农耕文明碰撞交融的地区，这里保留着众多战国时期、秦汉时期到元、明时期的古城，包括巴彦淖尔市境内汉代的鸡鹿塞古城、高阙塞古城、三顶帐房古城，汉代和唐代两处西受降城；包头市境内的战国到东汉时期的麻池古城、北魏怀朔古城、唐中受降城、金元时期的敖伦苏木古城和明代美岱召古城；鄂尔多斯市境内汉代霍洛柴登古城、隋唐胜州十二连城古城，呼和浩特境内的战国云中古城、汉代定襄古城、北魏盛乐古城、唐代东受降城及辽金元时期丰州古城和明清时期归化、绥远古城。

这些古城和古代重大的历史事件、重要的历史人物、边塞防御、古代行政建制及中央对边地的管辖治理变迁的历史紧紧相连。

（6）在黄河到阴山草原地带，保留了大量的宗教历史文化遗迹。众多的庙宇和经堂反映了不同时期的宗教发展变化情况。明万历年间，蒙古土默特部首领阿拉坦汗建成了明代草原地区第一个城寺结合的古城美岱召；1580年，呼和浩特大召无量寺落成。这是黄河几字弯地区保留较为完整的两座古代藏传佛教寺庙。

清初，受"兴黄教以安蒙古"的政策影响，阴山草原地带出现了大量的藏传佛教庙宇。当时，旗有旗庙，村有村庙，甚至很多家庭都有自己的佛堂或庙宇。

这些庙宇、佛堂或经堂，是黄河"几"字形地带历史的记忆与见证，也是历尽沧桑保留下来的重要宗教文化场所，具有很高的文物价值。

◉ 美岱召

4. 草原往事

从战国后期开始，大漠草原上的匈奴开始强大起来，他们带着氏族社会的蛮勇，迅速步入奴隶制社会。经过几代匈奴王的经营，到冒顿单于统治时期，匈奴人"东侵燕、代……北服丁零"，领土东到辽东，朝鲜半岛，西至葱岭，南过黄河到达宁夏、山西、河北北部，北到贝加尔湖以北。

此时，雄踞于黄河流域陕西界内的秦人，也正鼓荡着青春健壮的活力，向四周膨胀。

秦人突破历史的包围，扩展他们的天地，终于在公元前221年统一了"山东六国"。

那位长得蜂准、长目、鸷鸟膺、豺声而横扫六合、气吞八荒的始皇帝，于公元前215年，派公子扶苏、大将蒙恬率30万大军北击匈奴。

蒙恬与扶苏不辱使命，他们越过阴山、横扫大漠，"却匈奴七百余里，胡人不敢南下而牧马，士不敢弯弓而报怨"。

◉ 战国机弩箭镞

◉ 秦半两钱

蒙恬还按照秦始皇的命令"因山筑城""因河为塞",修建长城与秦直道,让"长城为弓,直道为箭",在阴山河套地区驻屯数量庞大的秦军长城军团,巩固北部边境。并"迁三万户黔首"和大量刑徒,在今天阴山河套地区的新占领土地上设"北假之地"屯垦戍边。同时,大秦帝国把所占领的黄河以南的土地改称"河南地"并建立垦区,连同西套,前、后套平原称"新秦中"。开渠引黄河水灌溉耕地,发展农业生产,以阻止匈奴人南进。

好景似乎不长,"始皇帝死而地分"。

秦王朝在农民战争的打击下灰飞烟灭,经过楚汉战争,终于在公元前202年,刘邦建立了西汉王朝。

公元前200年,汉高祖刘邦亲率40万大军抗击匈奴,却被冒顿单于的骑兵围困在白登山,陷入绝境。弹尽粮绝的刘邦"用陈平计",逃回长安。此时,冒顿单于颇有傲视千古、一世之雄的气概。他热切的目光,向正南方向眺望,牧马中原似乎指日可待!而刘邦却一蹶不振,心灰意冷。

他在巨大的孤独寂寞之中,发出深深的叹喟:"安得猛士兮守四方!"

从汉高祖刘邦,经惠帝、文帝、景帝至武帝初年,匈奴南进的步伐似乎从未停止。西汉政权被紧紧地挤压在黄河上游狭隘的地域,这种状况延续了整整一个世纪。

汉武帝刘彻对此感悟似乎特别深,决心要打破四野的阴云和历史的压抑。此时的西汉政权，经过近 70 年的休养生息，国力强盛，完全有能力伸展有力的双臂。

公元前 127 年，汉武帝派出大将卫青北击匈奴，收复"河南地"；公元前 121 年，派霍去病进占河西走廊，汉军西进到伊吾。

第三次对匈奴的打击是在公元前 119 年，把匈奴彻底赶到漠北地区的狼居胥山以北。

自此，"漠南无王庭"。

公元前 57 年，匈奴贵族间为争夺单于位置，爆发内战。头曼单于的第八世孙呼韩邪单于与其兄侄发生火并，匈奴部落分为南北两部，呼韩邪单于毅然决定归附汉朝中央政权。

长安城里张灯结彩，未央宫中喜气洋洋。西汉政府热烈地迎接这位深明大义的匈奴王。

皇帝下令，于五原、朔方、西河、上郡、北地等郡直到长安，沿途汉军着礼服，列于道旁，以最高待客礼，欢迎呼韩邪单于进京。汉宣帝在未央宫接见呼韩邪单于，授其金印"匈奴单于玺"。汉帝还将匈奴王的地位高置于汉宗贵胄的各诸侯王之上。

于是，便有了美丽的昭君出塞的故事。

公元前 33 年，宫女王嫱自感入宫数年"不得见御，季悲怨，乃请掖庭令求行"。

在匈奴，"住穹庐，被毡裘，食畜肉，饮奶酪"。当时"边城晏闭，牛马布野，三世无犬吠之警，黎庶无干戈之役"，边疆地区和平宁静六十余年。

今包头市麻池乡出土的汉代瓦当"单于和亲""千秋万岁""单于天降"，便是那个时代胡汉和亲、互通关市、边疆繁荣的真实写照。

5. 西口路上民歌多

走西口是一个非常大的学术课题。

在这里选一个小角度，说说黄河两岸蒙汉民族的文化联系，那就是西口路上的民歌。

◉ 走西口剪纸

从明晚期至有清一代延续长达三百余年的走西口浪潮，不知留下了多少民歌。它们是走西口生活极其生动的真实写照。

这个大移民潮主要发生在晋陕蒙三省区，但民歌在黄河两岸三省区的叫法并不相同。山西民歌叫"山曲儿"或者"爬山调"，陕西民歌叫"信天游"，综合了晋陕风格的内蒙古地方民歌叫"漫瀚调"。晋陕蒙三省区的民歌往往曲调相同，歌词基本相同，唱法也大同小异，像《走西口》《五哥放羊》《挂红灯》《打连城》等在三省区都是经典的保留节目，仿佛就是一母所生的三胞胎。这位了不起的母亲，就是黄河两岸走西口的人群。

这些普普通通的走西口农民，把地地道道的农耕生活带到了西口外，与内蒙古地区的蒙古族兄弟"打一回拼火炖一锅肉，兜一夜山曲儿喝一夜酒"，所以，晋陕蒙的民歌多得像天上的星星，情之所至便要唱歌。

以走西口的青年男女之间的情感为主线的《走西口》，"咸丰整五年，山西遭年馑"是背景，而太春和玉莲的生离死别，则是主线。

《东山上点灯，西山上明》是脍炙人口的山西民歌，人们百听不厌，因为那是山西人祖祖辈辈的生活。

一个饱含深情的文化符号，已经深深地烙印在群众的心里，走西口作为一种文化记忆将一代代地传承下去。

刻骨铭心的爱，用最朴素的民间语言表达出来，是走西口民歌的特点，但走西口民歌的比与兴，对情感表达得准确、强烈与直白，恐怕其他诗词歌赋都难以达到如此高度。

走西口民歌是早期中国的西部开发史，其中质朴不文、原汁原味的吟唱吼喊，唱出了走西口的艰难困苦，这些散落在民间的歌曲，不仅是一份音乐或艺术的遗产，更是这个民族筚路蓝缕、开拓进取、勇往直前、追求美好生活的历史记忆！

6. 河运与河口的兴衰沧桑

如果从那个时代算起，河口作为古渡已经存在了 1700 多年。

当代人只知道河口是黄河上中游的分界点，只知道这个古老的渡口因为处在大黑河汇入黄河的地方而得名河口。

据当地人介绍，河口古镇最繁华的时代有 40000 多人口，多个民族、多种宗教信仰同时出现，河口先后有四十余座不同宗教的寺庙。20 世纪 60 年代中期，所有的庙宇被毁，目前，河口只保留了龙王庙前两根铸铁旗杆。

有清一代，特别是乾隆以后，黄河河运非常发达，堪称"黄金水道"。

而河口古渡是整个黄河河运西来、南下的交通枢纽，说河口是清同治以前，黄河河运中物流量最大、最重要、最具规模的中转站，言不为过。

河口的繁荣起于明末、盛于有清一代，与走西口的浪潮息息相关。

随着清初晋陕农民大规模涌入内蒙古，前套土默川平原与后套平原的农业垦殖活动迅速发展，河口作为粮油水运必须经过的码头，作用越来越明显。

已故的内蒙古自治区文史研究馆馆长荣祥先生，在《绥远通志稿》中记载了清道光年以前，河口商贸发展的盛况："自乾隆以后，口外垦殖日广，民殷物阜，出境之油、粮、盐、碱、甘草各货，入境之日用杂货，山西与归绥往来之商运，凡经河路者，皆以托属河口为唯一码头。其时包头草莱初辟，尚未形成市镇，故在五厅时期，归化城而外，以托河为第二商市，其市面繁荣所以远胜于他厅者，以居水路之冲要，为上下货物之总枢也。"

1883 年，时任山西巡抚的张之洞奏请口外七厅改制，将客民编籍。清廷复准后，原来在前套土默特旗和后大套的走西口人可以在蒙古地方就地入籍。

1901 年，山西巡抚岑春煊奏请大量开垦蒙地。1902 年，清政府委任贻

◉ 河口村

谷为钦差都办蒙旗垦务大臣。

至此，绥远省土默特旗、后套、鄂尔多斯，包括阿拉善旗东部沿黄河地区的蒙旗土地完全解禁，任由放垦。

这一举措让内蒙古地区的人口增加，粮食生产和农业发展迅速。

蒙古出产的粮油、皮货进入晋陕，是民生的需要，也是致富的道路。这样，开通口内外物流交通运输管道，势在必行。

从河口"上行至南海子（包头）120千米，经南海子到西山嘴240千米。再经土城子、永济渠口、磴口、石嘴子（山）、横城堡、中卫、五方寺可抵甘肃兰州，共约1500千米。下行经喇嘛湾、榆树湾、老牛湾、偏头关黄河口到河曲大口150多千米。河曲过保德州到临县碛口镇，共计300千米"。如果再沿晋陕大峡谷南下，河运船只可以直达山西河津与陕西龙门交汇处。

河口的商业辐射西达甘宁青，东通京津冀，南连晋陕豫，北连大库伦、恰克图。

河运的发展给河口镇带来前所未有的繁荣。尽管1850年因黄河南移，河口的毛岱渡口被南海子渡口取代，但河口的水运一直没有停止。大宗商品运输主要是粮油、盐碱、甘草、日用百货、皮毛等。

◉ 河口古镇

渡口码头的繁荣，带来河口古镇的发展。

沿黄河排列的外码头和沿大黑河排列的内码头上，沿河十里地，货船数百艘，首尾相接等待装卸货物，船只有时能排两三层等待靠岸。码头上有一千多名河路工人，各大商户均有固定的装货码头、货场，有专职的记账先生负责清点货物登记造册，有专职小工扛包装卸货物。由于时常会人手不够，周边农村每天都有数百名青壮年劳动力，等候在码头上等待打零工。船只多时，一时靠不上岸，很多船只干脆行驶到黄河对岸，遇到有急事，很多船老大都会挑灯夜战装卸货物。

除了黄河上往来的货运船只，船筏、羊皮筏也参与少量的带货交接，河口码头周边有各种专跑长途的驼帮，如前往包头、后套、宁夏、甘肃或后草地大圐圙到俄罗斯恰克图的骆驼链子（一链6只骆驼，每只骆驼可以带400斤货，多的骆驼链子可以有十几链，甚至更多），进行长途货运。还有短途运输的牛马车、驴骡驮，这些运输力量往来穿梭，与船老大就地交易。其中大宗商品交易，多为城里大商号的店铺要货，货物拉回河口镇加工后，转运各地。

当时的晋商惠德成、同心和、德成厚、宝隆元、义和昌、兴盛泉等，均为河口镇上有实力的商号。

新中国成立后，随着铁路、公路运输的发展，黄河河运经济效益不佳，成为夕阳产业。但河口的黄河摆渡依然保留下来，主要服务于托克托县与黄河对岸准格尔旗的民间人员交流与小型货运。

河运摆渡船只除了载人，还可以装载自行车、毛驴车，甚至小四轮拖车，非常方便黄河两岸村民的走亲访友，小型货物运输。

2006年，托克托黄河大桥通车，河口码头的摆渡船业务才彻底结束。

一个城镇的命运其实是很脆弱的，依托某一产业可以发展得十分迅速，当产业因现代化发展而被历史淘汰出局的时候，当年的繁华便成了历史的记忆。

如今，"黄河母亲"像孤单寂寞地立在黄河岸边，日夜不停地聆听着河流的波涛声。

黄河从河口以下就是著名的晋陕大峡谷了。

◉ 河口"黄河母亲像"

项目 5　晋陕大峡谷

"黄河西来决昆仑，咆哮万里触龙门。"

黄河出内蒙古托克托县河口镇受到吕梁山的一段——蛮汉山阻隔，在清水河县喇嘛湾急转南下，形成黄河几字弯东北角的大转折。

1. 晋陕大峡谷起点的争议

地理教科书上，把从河口到山西河津禹门口的黄河干流，称为"晋陕大峡谷"，也叫"大北干流"。

晋陕大峡谷的终点在山西河津禹门口与陕西韩城龙门交界处是没有争议的。但是把托克托县的河口定为晋陕大峡谷的起点，是有不同意见的。河口既不归晋，也不属陕，它在行政区划上归内蒙古自治区，旧属绥远省。

黄河从河口入晋之前，它的干流在鄂尔多斯市境内238千米，当地人称为准格尔大峡谷。

◉ 晋陕大峡谷

按照传统的说法，准格尔大峡谷是晋陕大峡谷的一部分。目前晋陕大峡谷的起点有三种说法：

第一种说法是河口，地理教科书采用此说；

第二种说法是喇嘛湾。

这里正好是黄河几字弯向东的拐弯处，在这里，黄河由于受吕梁山阻挡，在喇嘛湾折向南方，喇嘛湾的两岸，也是峡谷峭壁。

但喇嘛湾在内蒙古自治区的清水河县境内，属晋蒙峡谷，叫晋陕峡谷似乎在学理上有点不够严谨。

第三种说法是在偏关老牛湾以下的天桥峡。天桥峡在山西省河曲与保德两县的交界处，与这里隔黄河相望的才真正是山西河曲与陕西府谷两县，所以晋陕峡谷从这里开始，才名副其实。

自河口到山西河津禹门口的晋陕大峡谷，流经 27 个县市，全长 726 千米。

峡谷域内水面落差达 607 米，丰水期峡谷里声震如雷惊涛拍岸，湍急的水流将黄土高原纵切为二。

晋陕大峡谷段整个流域面积为 11.2 万平方千米，占全流域面积的 14.9%，来水量仅占黄河水总量的 14%，但来沙量却占黄河含沙量的 55%。

这段黄河在内蒙古高原、陕北高原和山西吕梁山脉之间流淌，裹挟着大量的泥沙，年复一年地冲刷和切割着大地，一道深达 100 多米的沟壑出现在黄土高原上。

2. 壶口到龙门

壶口瀑布上游黄河水面宽 300 米，在不到 1000 米的距离内，河道被压缩到 20~30 米，河水以 1000 立方米 / 秒的水量，从陡崖上倾泻而下，坠入落差达 28 米的狭窄河道。于是就出现了滔滔激流澎湃而下，黄水浊浪翻滚、水沫飞溅、狂涛怒吼的景象。好几里地以外，人们可以听到瀑布穿越壶口的巨大涛声。

"万里黄河一壶收" 名不虚传。

黄河出壶口 5 千米，便是孟门。孟门河道宽达 400 米，河水开始变得平缓。

龙门是黄河的咽喉要道，位于山西河津禹门口与陕西韩城的铁路大桥交接处。峡谷河宽不足 40 米，落差差不多 30 米，奔涌的河水冲过 "龙门" 时黄水拍岸，声如轰雷，一泻千里。

黄河出龙门后，在山西河津禹门口和陕西韩城以南，河面一下子变得宽阔且汪洋恣肆，黄河干流在这里顿时有了大河汤汤的气派。它在前行的途中接纳了山西境内的另一个支流涑河，一路南行至山西风陵渡与陕西潼关交界河段。

这段黄河干流又称小北干流。

在潼关脚下，黄河遇到秦岭的余脉华山阻挡，大河歌罢掉头东，黄河向东方奔流而去，从山西芮城风陵渡进入河南灵宝市域内。

◉ 壶口瀑布

3. 晋陕大地上汇入黄河的支流

黄河在离开鄂尔多斯高原的准格尔旗马栅镇后，在山西河曲与陕西府谷县之间南下，黄河在晋陕两省域内接纳了众多支流。

（1）陕西省汇入黄河的支流

在府谷县境内，一条发源于鄂尔多斯准格尔旗的黄甫川河是陕西界内的第一条黄河支流。

黄河流经神木进入佳县沙峁头村时，接纳了第二条较大支流窟野河。

陕西省界内汇入黄河干流的第三条支流是秃尾河，古称吐浑河，它在佳县武家峁汇入黄河。

发源于陕西定边的红柳河，在进入靖边后称无定河，是黄河的一级干流。

无定河在靖边县红墩地界内，遇到了匈奴最后一个王城——统万城。匈奴末代单于赫连勃勃企图在这里完成王霸之业，但一代枭雄有命无运，他建立的匈奴政权大夏国仅存 25 年就被北魏灭亡。无定河在统万城边留下一片水湾与苇丛，然后向东流经陕西米脂、绥德后，在清涧县河口注入黄河。

清涧河也是陕西省内的黄河支流，发源于子长县，经过营田县、延川县，注入黄河。

发源于靖边的延河非常著名，是陕西的第二大河，也是黄河的一级支流，流过志丹、安塞、延安，在延长县境内流入黄河。

渭河是黄河最大的支流，发源地在甘肃省定西市的鸟鼠山，全长 818 千米。流经甘肃、陕西两省，在陕西潼关和山西运城风陵渡交汇处流入黄河。途中接纳了含沙量巨大的泾河及泾河支流洛河，在泾、渭两河会合处形成了"泾渭分明"的天下奇观。

发源于六盘山的葫芦河和发源于陕西定边的北洛河都属于含沙量较高的河流，是渭河两条较大的支流。

关中平原是渭河造就的冲积平原，土地膏腴肥美。自战国时期郑国渠建成后，关中沃野再无凶年。所以，历史上周、秦、汉、唐等众多王朝，都在富庶的关中平原建都，成就王朝的王霸之业。

（2）山西省界内的黄河支流

山西省界内的黄河支流，有发源于右玉西部的苍头河，内蒙古自治区界内一百多千米的河段，被称为浑河。浑河流经和林格尔县、清水河县注入黄河。

偏关河在河曲县界内汇入黄河。

岚漪河在兴县汇入黄河。

湫水在临县碛口镇汇入黄河。

山西省界内最大的黄河一级支流是汾河。

汾河又称汾水，是黄河的第二大支流，源头为山西省宁武县境内管涔山脚下的雷鸣寺泉，也有人认为在神池县太平庄乡西岭村。

汾河全长713千米，流经忻州、太原、吕梁、晋中、临汾、运城6市的29县（区），流域面积39721平方千米，在运城万荣县荣河镇庙前村汇入黄河。

4.陕西地理、河川与早期文明

　　黄河中游的晋陕两省历史悠久文化丰厚，是中华文明包括内蒙古草原文明早期发生、发展与壮大的重要地区。

　　陕西古称秦，今称陕。

　　从地形上看，陕西是南北高中间低，即南部的秦岭山脉以及北部的陕北高原地势高，而中部的关中平原则地势平坦低洼。

　　从位置上看，陕西西接甘肃陇南；东连山西、河南；南靠汉中、巴蜀；北接河套、阴山。

　　这样的地缘格局，让陕西有其他省区无法比拟的地理优势，处于中国版

图的中央地带。

相比山西的表里河山、世外桃源，陕西的山川河流形态，有其自身的特点。

首先，横亘的陇山、子午岭和黄龙山，是北部黄土高原和中部关中平原的分界线。分界线以北的陕北高原是典型的黄土梁峁地貌，千沟万壑犹如迷宫，相对贫瘠。而分水岭以南的关中平原，则是沃野千里一马平川，有成就王霸之业的地理条件。

其次，关中平原的四周俱为天然屏障。西有六盘山、陇山，北有子午岭、黄龙山，东隔晋陕大峡谷与吕梁山相望，南有秦岭的余脉华山、中条山与黄河天险。

秦早在战国时代，便在关中平原四周建立关隘，东部的函谷关、西部的大散关、南部的武关与北部的萧关四大要塞，古称"秦之四塞"。

这些关隘均易守难攻，有成就王朝霸业的先天条件。

函谷关，是关中通往华北平原的通道，又称崤函古道。它沟通长安和洛

⊙ 陕西地貌

阳两个古都，在历史上战略地位非常重要。

东汉末，设潼关，废弃函谷关。潼关位于黄河和渭河的交汇地带，背靠华山，面对黄河，俱为天险。秦地南入关中，从南阳盆地由南到北必须走武关。当年楚汉相争时，刘邦就是绕开函谷关，从武关经商洛、蓝田进入关中，占领咸阳。

秦地西侧有大散关，陆游的诗句"楼船夜雪瓜洲渡，铁马秋风大散关"中的"大散关"指的就是这里。

大散关在今天的宝鸡界内。唐玄宗路过此地，梦见金鸡鸣叫，他认为这是祥瑞之兆，于是赐名"宝鸡"。其实，这里旧称陈仓，西汉名将韩信在进军关中时，"明修栈道，暗度陈仓"就从这里经过。

通往关中平原北侧的关口是萧关，在六盘山东今宁夏回族自治区固原市原州区界内，是关中平原的北大门，是关中地区进入河西走廊通往丝绸之路的咽喉要道。战国时期，山东六国合兵犯秦，一座函谷关就可以拒六国之兵于国门之外。

关中平原上有泾河、洛河、渭河、黄河的水利之便，早在战国时期，韩国水工郑国在泾河与洛河之间修了300多里长的郑国渠，并且在泾、洛、渭、黄四水之间，构建密如蛛网的灌溉系统。郑国渠历时10年才完成，使八百里秦川得到灌溉。大秦帝国因此一跃而起，成为战国时期经济实力、综合国力最强大的诸侯国。

司马迁在《史记》中说："渠就，用注填阏之水，溉泽卤之地四万余顷。收皆亩一钟。于是关中为沃野，无凶年。秦以富强，卒并诸侯，因名曰'郑国渠'。"

陕西界内主要的河流有汉江、渭河、泾河、洛河和无定河，除了汉江属于长江水系外，其他都流入了黄河，属于黄河水系。汉江作为历史上非常重要的一条河流，与长江、淮河、黄河，并称"江淮河汉"。

今天南水北调工程的水源地，便是丹江口的汉江。

陕北地区土地比较贫瘠，水土流失严重，但孕育了粗犷欢腾的安塞腰鼓、高亢的信天游、剪纸艺术和高跷旱船等艺术形式。风格独特的陕北民俗文化，是陕北重要的文化符号。

5. 黄河龙门与韩城

陕西韩城是历史文化名城，在晋陕大峡谷尽头的西侧，是著名的黄河龙门峡谷所在地。

《墨子·兼爱》中记载了龙门峡谷是大禹治水时开凿。为纪念大禹的功勋，韩城在黄河岸边离龙门不远处建有禹王庙。北魏郦道元在《水经注》中记载："龙门为禹所凿，广八十步，岩际镌迹尚存。"

从龙门溯河而上约 3 千米，是黄河上另外一个天险峡谷"石门"。石门更窄，宽度只有 38 米，是黄河上最窄的峡谷，也是历史上兵家必争之地。新旧《唐书》均记载了唐高祖李渊、秦王李世民与刘武周曾在禹门口鏖战。

抗日战争时期，正面战场第二战区晋绥军 61 师与日军在禹门口激战。中国守军以巨大的伤亡夺回几次易手的禹门口，使日军终不能入陕西半步。现在石门石壁上还可以看到当年中国守军修建的碉堡工事。

龙门巍巍，往事悠悠，千古江山，浩

◉ 禹门口抗战烈士纪念碑

浩大河，似乎一直在唱着荡气回肠的山河壮歌！

韩城梁带村芮国遗址墓葬群从未被盗，规模宏大，保存完好，国内罕见。芮国的国君是一位伯爵，但其生活的奢华程度让人吃惊。另外，西周玉雕、青铜器、珠宝首饰制作的工艺水平，今天看也是精品。

韩城古城的历史非常厚重，历经数百年风风雨雨，是全国六个保护较好的明清古城之一。

听说韩城还有博物馆，寻找中把古城转了一圈，发现所谓的博物馆就是古城的建筑群。它较为完整地勾画出一座历史古城的市井画卷，无论是观光还是考察研究古代社会，均具有较高的价值。

关中平原盛产小麦，所以陕西人的饮食以面食为主。臊子面、潼关肉夹馍、羊肉泡馍、辣子粉皮……小吃街把陕西的民俗文化和饮食文化展示得淋漓尽致。

韩城最引人关注的是司马迁故里，他的祠与墓均在这里。

从黄河龙门向南 20 千米便是芝川，那里是司马迁的家乡。芝川界内有一座名叫韩奕坡的小山丘，司马迁的祠与墓就在山巅。

要上韩奕坡拜谒司马迁祠，先要过一座古桥。千余年来，古桥几经水毁，明、清均有修缮。最后一次大规模修缮是在 1935 年，西北军将领杨虎城和时任陕西省主席邵力子共出 35 万块银圆重修。

过了古桥，再沿着一条千年古道攀爬而上，用巨大砂页岩铺成的古道，已经被行人磨得凸凹不平，十分难行。

路上可见三重山门，上书"史笔昭世""高山仰止""太史公祠"等匾额。山顶最高处，有一座幽静的院落，院里古柏森森，松涛阵阵，前院正面的房间为祠，有司马迁塑像，后院为汉太史令墓。鲁迅盛赞司马迁的《史记》是"史家之绝唱，无韵之《离骚》"。一人著三千年信史，实为天人！

◎ 韩城太史公祠

◎ 司马迁塑像

6. 表里山河话山西

山西因在太行山以西而得名；又因在黄河以东，故称河东。

山西的地理特征是"表里山河"，山为表，河为里。典出《左传·僖公二十八年》，当时晋、楚发生城濮大战，战前楚军占据了有利地势，晋侯对是否开战犹豫不决，大臣狐偃进言："战也。战而捷，必得诸侯。若其不捷，表里山河，必无害也。"

周成王的弟弟姬虞被分封到唐地，定国号为"唐"，姬虞的儿子姬燮即位后改国号为"晋"。山西的别称即由此而来。

山西的地形是两山夹一川，即东有太行山、西有吕梁山，两山之间是大同、忻州、太原、临汾、运城等盆地。

山西东临华北平原，西依黄土高原，南接中原腹地，北靠草原地带和荒漠戈壁。

山西的地位举足轻重不可忽视。

恒山雁门关作为进入山西北部的桥头堡，历代在山西的驻军，都非常注重雁门关的防御。

山西省北部的恒山、雁门关与万里长城，共同构成了中华农耕文明北方的保护线。草原上的游牧民族南进中原，必走长城关隘——雁门关，所以，后人称这里为"三晋门户、朔漠管钥"，是进出山西的唯一通道。

赵武灵王"胡服骑射"改革之后，赵国设置雁门郡。赵国大将李牧据雄关而拒匈奴，匈奴不敢南下牧马。汉代卫青、唐代李靖、北宋杨家将，都与雁门关有不解之缘。抗日战争时期，中国守军在此与日寇喋血拼杀，可谓惊天地泣鬼神。

雁门关作为长城古隘口雄踞晋冀一线，向东有平型关、紫荆关、倒马关，直抵幽燕的居庸关、古北口到山海关；西有轩岗口、宁武关、偏头关至黄河岸边。

雁门关北依雁北高原，南屏忻定盆地，坐落在恒山北部的最险要处，被誉为"九塞尊崇第一关"。

◉ 雁门关长城

在雁门关进出城门的石板路上，至今留有深深的车辙印迹，那是明清两代进出大漠草原的商人行旅出入关口时留下的痕迹。

除去雁门关，要想进入山西，还要穿太行山八条峡谷通道，古称太行八陉。这些太行山横裂峡谷是古代晋冀豫三省相互往来的咽喉通道，是三省边界的重要军事关隘。

山西东有太行山，西有吕梁山，北有恒山，南有中条山。而中条山脉的西侧，虽然有一个可以通往关中平原的大缺口，但老天爷似乎非要给山西来一个完美的照顾，黄河干流流经风陵渡时折向东方，堵上了从东部进入山西的大缺口。这样一来，山西就像独立于世外的桃花源一样，与世无争地繁衍生息。

以元末农民战争为例，主战场在黄淮平原和黄河下游地区，战乱把山东、河南、河北搞得"十户不存一、千里无鸡鸣"。而山西却几乎没有受到太

◉ 雁门关题词

大的影响。所以明朝初年，有条件地从山西先后 18 次，把百万人口移民到山东、河南、河北。

明初山西移民从明洪武三年（1370）到永乐十五年（1417）。当时的移民政策是"四口之家留一，六口之家留二，八口之家留三"。迁出的人口主要是来自潞州、泽州、汾州等地，他们被分为军屯、商屯、民屯等。因洪洞县的大槐树是政府给移民办理手续的地方，移民领取"凭照川资"之后，走向全国各地，所以山西人把洪洞县大槐树当作自己的家乡。

明初移民涉及 18 个省，500 个县。政府为安置移民制定了较为宽松的政策，移民到了安置地，由政府给予耕牛、种子，并免除三年税收。这些政策有利于明初社会的休养生息和农业恢复。所以，山西民间走向天南地北的移民后裔有"问我祖先何处来？山西洪洞大槐树。祖先故居叫什么？大槐树下'老鹳窝'"的说法。

据《明太祖实录》记载，明洪武十三年（1380），全国总人口为 59873305 人，而山西一地的人口就达到 4103450 人。

◎ 雁门关城门

这也证明了这里的人口有多么稠密。而洪洞县的大槐树，也成了几乎所有山西人的根，包括海外山西人。

山西东南部的长治盆地和晋城盆地，历史上被称为上党，自古就是兵家必争之地。

战国后期，长平之战就发生在上党地区的晋城盆地。秦朝大将白起，在这里打败赵括并坑杀了 40 万赵军。

1945 年 9 月的上党战役，晋冀鲁豫军区部队在刘伯承、邓小平领导下，将上党地区敌军 35000 人歼灭，粉碎了国民党军队对解放区的进攻，而且有力配合了重庆谈判。

五胡十六国时期，山西被胡人占领，西晋政权在黄河流域站不住脚了，于是仓皇辞庙，匆匆逃亡，"中原士族，衣冠南渡"。山西一丢，西晋的贵族纷纷逃到江南，建立偏安一隅的东晋政权，苟且偷安。

晋陕大峡谷的终点在山西河津禹门口和陕西韩城龙门段的黄河交接处。这段黄河是黄河水运最早出现的地方。

大约在春秋时期，黄河水运就已经出现，从隋唐到两宋，黄河河运出现了"舟楫如林，船筏如梭"的景象，但是晋陕大峡谷的河运季节性很强，每年 3 月到 10 月可以通航，其余时间段是流凌期或冰封期。

晋陕大峡谷河段中多沙碛石，危险时有发生，所以商家一般都愿意花大价钱请有经验的河工引航撑船，只有在识航路、有经验的河工引导下，货船才能避开暗礁，顺利地渡过激流险滩。

逆水行船时，要请纤夫拉船。

7. 河曲娘娘滩和碛口古镇

黄河大峡谷的山西界内，有几处沿河历史文化遗迹可圈可点。

山西河曲界内黄河中心有一个河心岛，被百姓称为"娘娘滩"。在河曲说起娘娘滩，当地人可以绘声绘色地给你讲述一个故事：汉高祖刘邦死后，吕后掌握权力，开始迫害刘邦宠幸过的妃子。有位薄夫人曾为刘邦生有一子，名刘恒。为躲避吕后迫害，薄夫人逃到河曲黄河中心的一个小岛上避祸，黄河中心的河渚因此被称为"娘娘滩"。

娘娘滩的上游，还有一个黄河中心的小岛，河曲人叫它"太子滩"，据传为代王刘恒所居。而当年负责保护薄夫人母子逃走的是飞将军李广。

◉ 河曲娘娘滩

传说寄托了善良人们的愿望，但不是历史。

从河曲向南，河谷两岸壁立千仞，巍峨险峻。从春秋战国时代开始，晋陕便以河为界。当年晋国、赵国、魏国，就是靠着这条峡谷与强秦对峙。数千年来，滔滔河水和浩浩山风见证了黄土高原历史上的金戈铁马、呐喊厮杀及改朝换代。

历史留给山西更多的是河泛、灾荒、干旱、逃难，背井离乡，卖儿卖女，甚至"人相食"的惨剧。但是山西省吕梁市临县碛口镇是个例外，因为黄河在碛口收纳了一条二级支流——湫水。在两条河的交汇点上的古渡碛口，占尽了天时地利人和。

碛口发达于明嘉靖年间。当年，中央政府与俺达汗的土默特蒙古部落由战变和，碛口因其水运之便，成为晋陕蒙商业贸易与物流中心。但其真正的发展，是在清代。

清初，康熙对漠西厄鲁特蒙古的噶尔丹用兵，需要就地筹集粮草和日用品，以资军队给养。最早的晋商抓住机遇为士兵提供粮食、日用品，并随军而行。

◉ 山西河曲罗圈堡

由于晋商经商时诚信、公道、处处小心翼翼，受到官府的认可。而在漫长的行军过程中，精明的晋商又看到了广阔的"蒙古地"上巨大的商机。所以，在对漠西厄鲁特蒙古的战争结束后，便想方设法买通关节，开始了口外蒙古的贸易。

碛口就是晋商利用黄河的水运之便，在乾隆年间逐渐发展起来的。

碛口曾经非常繁华。当地民间有谚语："碛口三天不发油，汾州点灯也发愁。"作为晋商的西大门，碛口当年几乎包揽了宁、蒙、绥、陕、晋后草地与中原内地及京津的旱路、水路贸易运输和货物集散。晋商的钱庄、票号，已经有了近代银行的影子。他们的货物集散，很像现代的"物流"。

新中国成立后，铁路、公路运输飞速发展，碛口的河运开始走向衰落，晋商带来的繁华也风光不再。但古色古香的小镇旅游业发展迅速，成了碛口新的经济增长点。

◉ 碛口老街

8. 自古运城多风流

黄河在山西河津禹门口向南而下，流过古城运城。

运城历史悠久，下辖的夏县曾经是夏王朝的都城，古称安邑，但由于年代久远，已经无迹可寻，只是有古史传说而已。战国时期，夏县是魏国的都城，为避秦国的侵扰，魏国将都城迁至大梁。

运城的盐湖在中国古代社会影响极大，早在春秋战国时期，运城就是晋国著名的"盐都"。中国古代盐与铁都是重要的战略物资，也是封建国家重要财政收入来源，所以自西汉始便盐铁官营。由于运城是产盐大户，历代官府都在这里设盐运史，运城也因此得名。

运城有鹳雀楼，与岳阳楼、滕王阁、黄鹤楼并称中国古代"四大名楼"，四座名楼也因迁客骚人赋诗题字而名满天下。

王之涣的"白日依山尽，黄河入海流。欲穷千里目，更上一层楼"让鹳雀楼流芳千年。这首孩童时代人人都会背诵的唐诗，成就了中国人记忆中与黄河有关、久远的文化符号。

金元战争时，金军被蒙古军团打败，撤军前烧毁了鹳雀楼和唐代连接西都长安和东都洛阳的蒲津古渡桥。现在的鹳雀楼是参阅了宋人李诫《营造法式》的记载，于 20 世纪 90 年代重新修建的。

世界上最大的关羽塑像被环抱在中条山上官里的山坳之中。

这座关羽塑像高 61 米，合关公寿数 61 年，底座高 19 米。关羽面如重枣，卧蚕眉，左手抚胸前一尺三寸美髯，右手提八十一斤青龙偃月刀……

关羽崇拜是我国民间崇拜的一个重要现象，也是我国传统文化中的重要组成部分。在中国人崇拜的众神之中，关羽拥有最为广泛的民众基础。一

◉ 鹳雀楼

代名将关羽死后，逐渐成为深受民众崇拜的尊神，这固然与关羽的忠义有关，但历代统治者对关羽不断加封，起到了推波助澜的作用。从历代皇帝对关羽不断加封晋爵的封号上，我们大致可以看到关羽从人到神的过程。

北宋，宋徽宗封关羽为"崇宁真君"，后又加封为"武安王"，关羽正式晋升为王爵。明代万历年间，明神宗加封关羽为"协天护国忠义大帝"，关羽至此由王而晋为帝。万历四十二年（1614），明神宗加封关羽为"三界伏魔大帝神威远震天尊关圣帝君"，这是十分重要的一次追封，后世熟知的"关圣帝君"称号就是缘于这次追封。

自此，关公成了"帝"！

解州有两座关帝庙。一座在关公故里中条山脚下常平村的路边。这座关帝庙小于解州的关帝庙，但这里是关羽出生之地……

庙内有汉代柏树两株，其余多为宋代以后的松柏。整个院落里的古树均

◉ 关公塑像

倒向北方，据当地人讲，中条山多风，一年一场风，从春刮到冬。所以这里的大树被风吹得倒向一边，全都是斜的。

解州大关帝庙是官府修建的，民间有"中华武庙之冠"的美誉。

大关帝庙建于隋文帝开皇九年（589），至今已有1500多年的历史。

运城夏县涑水河畔有北宋政治家、史学家、文学家司马光的故居和墓地。

◉ 解州关帝庙

司马光是陕州夏县涑水乡人，因黄河的支流涑河流过司马光的家乡，又被称为"涑水先生"。司马光一生历经北宋仁宗、英宗、神宗、哲宗四朝，最后官至尚书左仆射兼门下侍郎，地位极其尊崇。终其一生为官清廉、温良谦恭、刚正不阿。

据说，司马光妻子去世，他虽然贵为宰相，家中竟然没有钱埋葬自己的妻子，最后把祖上留下的几亩薄田卖掉，才让发妻入土为安。

为官清廉如此，足为后世楷模。

司马光编撰的史学巨著《资治通鉴》是我国历史上第一部编年体通史。他去世后，宋哲宗追赠他为太师、温国公，谥号文正。

⦿ 司马光塑像

9. 后土祠与蒲州古渡

　　陕西省运城市万荣县庙前村是黄河第二大支流汾河与黄河交汇的地方。在交汇处的北侧，有一座小山丘，是传说中轩辕黄帝扫土成堆、立高坛祭祀天地之母的地方。

　　早在西汉时期，就有人在此建庙，称"后土庙"，汉武帝时将庙改为祠。后土祠在北宋以前一直是封建国家祭祀谷神，祈求风调雨顺、五谷丰登的国家祭坛。

　　由皇帝到后土祠对谷神地母进行国家公祭，以求风调雨顺、国泰民安，在西汉以后成为惯例。汉武帝刘彻就 6 次到这里主祭地母，最后一次来到后

◉ 后土祠

土祠时，他年事已高，万里悲秋之际，在这里写下了著名的《秋风辞》：

秋风起兮白云飞，草木黄落兮雁南归。兰有秀兮菊有芳，怀佳人兮不能忘。泛楼船兮济汾河，横中流兮扬素波。箫鼓鸣兮发棹歌，欢乐极兮哀情多。少壮几时兮奈老何。

◉ 秋风楼

后人在后土祠的内院筑"秋风楼"，以示纪念。明成祖朱棣嫌汾黄交汇处的后土祠路途遥远，在北京专门建地坛，祭祀地母。自此，北京地坛取代了运城万荣县的后土祠。

但是，民间在后土祠的祭祀活动，一直延续下来。

"黄河北干流"是个地理概念，指的是黄河几字弯东侧由北向南的河道，起于内蒙古托克托县的河口镇，最南端是山西省运城市的风陵渡口。从龙门到风陵渡这段河道非常宽阔，屡次改道，便出现了"三十年河东，三十年河西"的说法。黄河每一次改道，都会淹没旧时的渡口。从龙门到风陵渡的干流上，黄河先后淹掉了禹门渡、葫芦滩渡、汾阴渡、西头渡、南赵渡、安昌渡、浦津渡等十几个重要的渡口。

其中永济市的蒲津渡最为著名。

蒲津渡隶属古蒲州。蒲州的历史非常悠久，是传说中尧的都城。

蒲津渡可以追溯到鲁昭公元年。那时，蒲津渡口便架设了中国历史上第一座跨越黄河的浮桥。

浮桥在蒲津一直存在，只是因为黄河改道，浮桥的位置有变化。

◎ 郏邱亭

唐开元十二年（724），蒲津渡作为联系西都长安与东都洛阳，以及山西与陕西、河南、山东之间水上的交通要冲，引起了唐中央政府的重视，为了加强对大后方河东地区及整个北方地区的统治，倾国力对蒲津桥进行了大规模改建。

蒲津浮桥采用铁索连舟的方式，使用巨大的铁链，把木船连在一起横跨黄河，两岸各用生铁铸造的4只铁牛稳固桥梁。每只铁牛身下有6根3米长、近20吨的粗大铁柱，插入地下固定地基。整个浮桥在今天看来也是令人叹为观止。

铁牛边立有铁人，均为胡人形象。这从侧面反映了唐代丝绸之路上多有胡商渡黄河、赴两京经商的历史。

从蒲津渡遗址南行40千米，便是风陵渡了。

◎ 唐代铁牛·铁人

10. 芮城风陵渡和永乐宫

风陵渡在黄河几字弯的东南角，隔河与潼关相望。

关于风陵渡的战争记载与传说非常多，也非常古老，神话时代就有风陵渡的传说。

民间传说这里是伏羲的后裔风后的家乡。黄帝在风陵渡大战蚩尤时曾经三战三败，蚩尤放浓雾，黄帝则在雾中不辨敌我，这时风后前来助战。风后发明的指南车带领黄帝发起进攻，最后蚩尤战败，带着余部退向长江流域。

因在打败蚩尤的战争中有功，风后去世之后，黄帝亲自为自己的股肱之臣选择了墓地，安葬了这位功臣。

◉ 风陵渡

风后墓就在渡口边的山坡上，这里也有了风陵之名。

女娲墓也在风陵渡。因黄河改道，女娲墓被淹没。

芮城最重要的文化遗存是永乐宫壁画。

走进永乐宫无极之门的三清殿，首先跃入眼帘的是这组高 4.2 米、长 280 米，三面墙连为一体的元代壁画。

这些画完成于元泰定二年（1325），由洛阳画师马君祥和儿子马七、马十一、马十二等工匠联手绘制。

这些壁画能够保留到今天，要感谢敬爱的周恩来总理。三门峡水利枢纽工程的库区将要淹没永乐宫时，在国家财政极为困难的情况下，拨款 270 万人民币，迁址重建永乐宫。

专家把壁画一块块切割下来，装入木箱并编号，连同榫卯结构的三座元代大殿——三清殿、纯阳殿和重阳殿，迁到今山西芮城现址，按照一比一的比例重新安装。

◉ 永乐宫壁画（局部）

项目 6　中州长歌

　　黄河九曲在中条山和崤山之间进入河南省，它冲开三门峡谷，一泻千里向东而行。在河南省界，黄河一共流经 28 个县（市、区），河道干流长 711 千米，流域面积 3.62 万平方千米。在洛阳孟津县界内黄河跨我国领土第二、第三阶梯，落差为 890 米。

　　河南省跨海河、黄河、淮河、长江四大流域，其主体属于淮河流域，黄河仅仅在河南北部流过。中华民族的人文始祖黄帝诞生在今河南省新郑市，中华文明的起源、文字的发明、城市的形成和统一国家的建立，都与河南有密不可分的关系。

1. 函谷关

函谷关雄踞在山川造化的崤函古道，是由豫入陕的咽喉要道。函谷关西接秦晋高原，东临绝涧，南接秦岭，北塞黄河，整个关隘都在峡谷深沟之中，地势险要，用"一夫当关，万夫莫开"来形容函谷关再恰当不过。

函谷关始建于西周，为中国历史上建置最早的雄关要塞，是连通西都长安和东都洛阳的"两京古道"（又称"崤函古道"）。

关在深涧幽谷之中，深险如函，故称函谷关。

函谷关内外多桃林，每逢春暖，桃花灼灼，漫山遍野，传说夸父逐日时，口渴难耐扑倒在地，手中的手杖化为万顷桃林。

因为春天从函谷关沿着入陕之路向西前行 50 千米，是长长的一条开满

◉ 函谷关

桃花的峡谷，所以崤函古道又有桃林峡谷之说。

传说春秋时期守卫秦国函谷关的叫尹喜，一日清晨，他在函谷关上，看到紫气东来，认为必有异人到此。

果然，有老者倒骑青牛至此。尹喜知道此人姓李名耳，字老聃，曾经做过周守藏室的史官，是一位有大智慧的人。

尹喜盛情款待老聃，并请留下文字。老聃一夜书五千余言《道德经》后拂袖而去。

把这个背影放在春秋无义战的乱世里，也许更能深刻理解这位大智者充满孤独、看破红尘的绝望而无奈。

在洞悉了一切而又失望至极之后，老子出函谷关西入流沙大荒，不知所终。

老子对中国文化的影响是巨大的。他的"守雌"论、"刍狗"说等思想博大精深，给后人全方位的思想启示。

司马迁在《史记·老子韩非列传》中，把老子与韩非放在同一篇里作"传"，可谓意味深长。

◉ 函谷关老子塑像

韩非的《解老》《喻老》两篇，是法家学派解释老子思想来源的理论依据，老子思想到战国时已经演化为"由道入法"。

另外，儒家荀子主张"法理并用"。他的作品中，有很多法家思想的倾向。所以，战国时期，儒、法、道三教已经合流。这或许是中国古代思想史发展的一个归宿。

老子思想核心价值观就是"道"，对道的解释3000年来众说纷纭，甚至神秘化。

函谷关是兵家必争之地。历史上许多重要的战争发生在这里，而且结果都是拥雄关者胜。

早期发生在函谷关的战争，是战国时代，楚、赵、魏、韩、燕五国合纵伐秦，但五国联军各怀心机，联军战败。西汉的政论家贾谊在《过秦论》中有非常精彩的总结："（山东六国）尝以十倍之地，百万之众，叩关而攻秦……秦无亡矢遗镞之费，而天下诸侯已困矣……秦有余力而制其弊，追亡逐北，伏尸百万，流血漂橹。"

战国时期，秦国统治西北地区并最后夺取天下，函谷关的地形之险，是有贡献的。

今天的函谷关，隶属河南省灵宝市，归三门峡市代管。

2. 从三门峡到小浪底

三门峡工程是 20 世纪 50 年代国家 "一五" 计划期间的重点工程。三门峡市是因黄河水利工程建设的需要，于 1957 年 3 月经国务院批准新建的一座地级城市。

黄河三门峡谷在晋豫交界处，

这里是豫西山地的峡谷地带，黄河遇三门山，河水下行要穿过河面上的三座石门。湍急的水流分成三股冲过石山缝隙，浊浪湍急，飞流直下，犹如飞箭破空而出，声势夺人心魄。所以，古人把这三股黄水冲过的石山豁口，从左到右分别称为 "鬼门" "神门" 和 "人门"。

黄水冲过三门天险后再下行 400 米，有三座石岛屹立在奔腾的激流里。雨季洪峰下泄，河道上就会出现浪高百尺，声如雷鸣的景象！

由于三门峡谷深水急、河窄浪高、水底暗礁凶险，在黄河两千多年的河运史上，艄公在 "鬼门" 和 "神门" 两股激流面前毫无办法，也不可能通过，只能从 "人门" 半岛处的激流间，小心翼翼地穿过。所以，民间把三门峡黄河干流的自然景观拟人化了。

今天河心里有一块巨石，这是传说中大禹治水时 "凿龙门，劈砥柱" 的地方。右岸河边石头顶部的高台平坦光滑，被比作黄河女神的梳妆台。

三门峡大坝下靠近左岸的 "人门" 河口处，是张公岛。传说古代有张姓艄公在黄河上撑船为生，他看到三门峡水道波涛汹涌，经常发生船翻人溺的惨祸，所以，在岛上结庐为庵，为来往船只导航。为纪念这位老艄公，人们称河中岛为张公岛。

三门峡的黄河水道虽然急流如箭，但在历史上，依然是关中平原与华北平原漕运的必经之地。而且，早在秦统一后，便有了关于黄河三门峡漕运的记载。

随着西汉都城长安的繁盛，一直到隋唐时期。虹吸效应让大量人口向都城及周边地区流动。关中平原虽然沃野千里，但人口激增，粮食只能从河南粮产区运进。《隋书·食货志》和《新唐书·地理志》都记载了三门峡是王朝主要的漕运河道。

三门峡漕运虽然因王朝更迭或战乱有过中断，但联系晋陕豫三省的黄河漕运，总体上讲还是比较繁忙的。

20 世纪 50 年代，新中国百废待兴，改变国家"一穷二白"的面貌，是全国上下共同的意愿。"一万年太久，只争朝夕"反映了那个时代中国人民急切想改变国家贫穷落后状态的心情，这种心情也反映在国家建设的方方面面。

"俟河之清，人寿几何？"这是古人的哀叹。

而新中国的水电建设者，甚至当时的国人都相信，三门峡工程建成之后，就可以看到"黄河清"了！

移山改河的巨大工程开始了，"展我治黄万里图，先扎黄河腰中带"。新中国第一个大型水利建设工程，在豫西山地的大峡谷中开始修建。

于是，"神门平，鬼门削，人门三声化尘埃"。

1958 年 7 月 14 日至 18 日，黄河河南段三门峡至花园口发生特大暴雨和洪水，山西、陕西两省的黄河支流泾、洛、渭、汾大量水沙涌入黄河，花园口大堤出现历史上最大流量的洪峰 22300 立方米 / 秒。正在上海开会的周恩来总理得知情况后停止会议，直飞郑州指导抗洪工作。

黄河水患紧紧地揪着黄河儿女的心，人们盼望着，盼望着三门峡工程竣工后黄河可以安澜。

1960 年，三门峡水利枢纽工程终于建成并且开始蓄水，但仅仅一年之后人们就发现，原设计对黄河来沙量的估计严重不足，三门峡水库的建造，抬高了黄河河床。

一个巨大的治河难题摆在新中国的水电人面前，怎样能让多灾多难的黄河河南段安澜并造福乡梓？

⊙ 黄河三门峡大坝

这个问题困扰了中国水电人近 40 年。

解决三门峡水库泥沙淤积问题的认识，有一个历史过程，更有一个实践过程。

有可能解决水库淤积，以及河南段黄河河床不断升高问题的实践工程，是在几十年后才完成的，水电人在位于三门峡水库下游 130 千米黄河干流上，修建了一个新的大型水利工程——小浪底水利枢纽工程。

在黄河干流中下游交界的地方建大型水利枢纽工程，是控制黄河下游水沙量的关键。所以，小浪底水利枢纽工程位置得天独厚，可以控制库布齐、毛乌素沙漠向黄河输沙量的 100%，可以滞拦泥沙 78 亿吨，相当于 20 年下游河床不会发生淤积抬高。小浪底设计的防洪标准为千年一遇，控制了黄河流域面积 69.42 万平方千米，基本解除黄河下游凌汛的威胁，减缓了下游河道的淤积。

然后就是要设法解决排沙入海问题。

每年 6 月 25 日到 7 月上旬，整个黄河流域联合调水调沙工作开始。从龙羊峡以下，包括刘家峡、青铜峡、龙口、万家寨、三门峡到小浪底，黄河上的众多水电站联合调水调沙，场面极其震撼！

河底的泥沙被冲刷卷起，长奔八百多千米进入渤海。

自此，黄河安澜，天下幸甚。

◉ 小浪底水利枢纽工程

◉ 小浪底排沙

3. 东都洛阳

洛阳是一块风水宝地。这里群山合围，可以拒敌于外，水系纵横，可以通达八方。所以有人总结洛阳四面环山，六水并流，八关都邑，十省通衢。

洛阳地区是中华文明起源的核心区。

洛阳文明的真正源头在河洛地区。发源于华山的洛水从河南巩义县境内汇入黄河，洛水与黄河交汇处形成的夹角地带，称河洛平原。河洛平原，以及包括晋陕在内的周边地区，存在众多重要遗址，包括蓝田猿人遗址、庙底沟遗址、仰韶文化遗址、二里头文化遗址……灿若繁星，共同构筑了中华文明起源的核心地区。

记录河洛地区的权威文字是司马迁的《史记》。

司马迁记载了"夏都阳城""商都西亳""周都洛阳"。其实，夏王朝早期的都城，包括安邑、原、西河、章丘、阳城等，基本是在黄河两岸的山西、河南一带。而这一带恰好是"河洛地区"。商代都城迁徙更频繁，直到落户"殷墟"。

司马迁在《史记·货殖列传》中说："昔唐人都河东。殷人都河内，周人都河南。夫三河在天下之中。"《史记·封禅书》还记载："昔三代之居，皆在河洛之间。"

河洛文化与"河图洛书"有着千丝万缕的联系。河图洛书中有虚妄，有神秘，也有一些值得肯定的东西。"河出图，洛出书，圣人则之。"

河图与洛书是中国古代流传下来的两幅神秘图案。相传上古伏羲氏时代，黄河中浮出龙马，背负"河图"，献给伏羲。伏羲依河图演绎成八卦，这是《周易》的来源。

大禹时期，洛河中浮出"神龟"，龟背驮着"洛书"，大禹依洛书治水成功，然后划天下为九州，制九章大法，治理天下。

河图洛书是阴阳五行之说的肇始，诸子百家对其多有记述，太极、八卦、周易、六甲、九星等学说多源于此。

洛阳作为十三朝古都早已名动天下，但它的地位常常会有些尴尬。古代曾经强大的王朝选择都城总是首选长安。只有在王朝走向衰落的时候，都城才会选择洛阳。

西周最初的都城在镐京，"申侯之乱"申侯引导犬戎攻入了镐京，周平王才犹如丧家犬般逃到洛邑建立东周。

汉代也和周朝一样先定都长安，王莽篡汉引发统治阶级内乱，绿林、赤眉起义之后，长安毁于战火，光武帝刘秀把都城建在洛阳。

所以，有人把洛阳比作帝王的妃子或小妾，尽管她美貌如花，甚至可能得到帝王的万千宠爱，但洛阳的头上总是顶着个正宫娘娘——长安。

不管怎样，十三朝古都自有其过人之处。不然，张衡不会为它写《二京赋》，左思也不会为它吟唱《三都赋》，洛阳的牡丹花、白马寺、龙门石窟天下闻名，以河洛大鼓、唐三彩瓷窑、洛阳萝卜水席和胡辣汤为代表的说唱艺术，手工艺制作、饮食小吃等，既有传统的文化根基，又有胡人风俗的影子。

洛阳必须去的地方，就是位于城关街头的"孔子问礼碑"。

据说，孔子做鲁国的大司寇兼摄政的时候，因为国君和负责郊祭的祭司季孙氏，在春天的祭典上没有把一块祭肉分给孔子，按照《周礼》的程序设计，这是个很严重的事情。于是孔子离开鲁国，开始周游列国，一边学习一边宣传自己的政治主张。

公元前518年，孔子和他的弟子们赶着嘎嘎吱吱的牛车到东周的都城学习礼乐。

在老子宅院的门前他们下了车。孔门弟子毕恭毕敬地站在门外，孔子一个人走进一间陋室。屋子里很昏暗，眼睛适应了室内的光线之后，孔子看到四壁的架子上都是一卷卷竹简。

一位老者端坐在那里半闭着眼睛，似乎懒得说话，但他知道来者是谁。

◎ 孔子问礼碑

两个人有一搭没一搭地聊着。聊些什么已经不重要了，重要的是这次会面，是中国传统文化最重要的两家——"儒"与"道"在源头的一次相会，一次可遇不可求的碰撞，注定对后世中国文化人格的塑造产生巨大的影响。

孔子拜别老子后，弟子们立即围上来，急切地想知道老师与老子说了什么。孔子告诉弟子们："鸟，我知道能飞；鱼，我知道能游；兽，我知道能走……至于龙我无法了解，它乘风云在天上。我今天见到老子，发现他就是像龙一样的人物。"

其实，儒道两家共同塑造的中国文化人格具有二律背反的特性。战国时期的孟子有一句名言："达则兼济天下，穷则独善其身。"这或许是儒道两家互补留给后代中肯的座右铭。

4.草原的大脚印与伊阙龙门

　　武周山是塞北最常见到的山脉，它不高，却苍凉辽阔。远看一片土黄，近看却别有洞天。

　　在苍茫的武周山中有一片气势恢宏的石窟群。这便是中国古代著名的四大石窟之一——云冈石窟。它与麦积山、敦煌莫高窟、龙门石窟并称中国古代四大石窟。

　　最初的佛教本无造像，在沿着古丝绸之路东进的过程中，与西方的众神雕塑艺术相结合，产生了犍陀罗风格的佛教造像。

　　在大气磅礴的云冈石窟背后，更为精彩的是隐藏在石窟背后波澜壮阔的草原长歌。

　　伊水河发源于河南境内的熊耳山，流经伊川而得名伊水，沿伏牛山北麓穿越伊阙注入洛水，然后随洛水汇入黄河。

　　水流在这里倾泻像神龙入海，伊阙便有了"龙门"的名字，而这里的山也因此得名龙门山。

　　在龙门山的悬崖峭壁上，有十万余尊神采奕奕的佛像和大量壁画，龙门石窟因此成为我国古代石窟浮雕艺术的巅峰。

　　一个来自北方草原帝国的恢宏气象，落户在中州大地，拓跋鲜卑裹挟着从草原吹来的刚健之风，给龙门山的石壁带来了新的梵风佛影，更为古老中原的"河洛文明"，注入北方草原刚劲的血气。

　　东汉初年，拓跋鲜卑从大鲜卑山的嘎仙洞出发，经大泽穿越阴山以北广阔的沙原，再从中道经敕勒川草原，在盛乐、平城（今山西大同）留下了自己的足迹。最后，494年，北魏孝文帝终于落足中州洛阳。这个从草原游

◎ 云冈大佛

荡过来的古老民族，已经在中国北部的大地上走过了近500年。

在历史的长河中，500年可能仅仅像空中划过的闪电一样，迅速地消失了，但留下的文化记忆却长久地保留在历史文化长河之中。鲜卑人为中国留下的不仅仅是一个北魏王朝。我们回望盛乐古城、北魏平城、云冈石窟、龙门石窟，以及凝重、刚健的魏碑体书法《龙门二十品》时，可以真切地感受到，鲜卑民族为中华文化留下了太多辉煌、鲜明的文化记忆，它们将永远保留在中华文化的史册当中。

从云冈到龙门，众多的佛教造像静静地矗立在峭壁悬崖之上，它们已经走过了漫长的15个世纪。在细细品味这些佛教造像的同时，人们惊异地发现，在佛像雕塑中，有多种异域风情融入其中。佛教发源于古印度，印度文化的基因自然存在于其中，而高鼻深目的佛像和洞窟两边高大的地中海式廊柱，则保留了明显的希腊文化的元素。一些佛像中，有中原文化的影子，又有从草原走来的鲜卑人的面容特点。

历史是有记忆的。中国历史，永远地记录下鲜卑人创立的北魏王朝，记录下他们在黄河流域为中华文明留下的辉煌成就。

在北魏上承秦汉、下启隋唐，创立了辉煌文明的同时，曾经辉煌的希腊文明和古罗马文明，已经走向一个历史的黑暗期，欧洲社会正在进入长夜漫漫的中世纪时期。但是，希腊文明、古罗马文明的余晖在黄河流域生机勃勃

◉ 龙门石窟

地发扬光大，在与中原文化的交融中，留下了龙门石窟这样永恒的艺术珍品。

从大鲜卑山游牧而行的鲜卑人，从天似穹庐、笼盖四野的阴山脚下，来到洛阳伊阙。近两个世纪的长途跋涉，其间有辉煌更有艰难甚至凶险，鲜卑人真的已经很疲倦了，就在北魏王朝消失之后，人们惊异地发现，他们为中华文明留下的文化果实竟然不输于中国历史上其他任何一个王朝。

让我们永远记住这个从阴山脚下走来的鲜卑民族。他们从盛乐到平城，从平城到洛阳，为中华文明留下了不可磨灭的文化印记，他们把中国的石窟造像艺术推向了前所未有的高峰。

⊙ 龙门奉先寺·卢舍那大佛

5. 夏文明的诞生

黄河从晋陕峡谷流过龙门，再前行至山西芮城风陵渡后，开始折向东方进入河南地域。这时的黄河，正式经过中华文明的肇始区。

中国史书中记载的第一个世袭制王朝夏，就诞生在这里。

司马迁记载了"禹都阳城"。西晋的皇甫谧在《帝王世家》里记载：禹受帝尧册封，在禹州地域建立封国——夏。今天的河南禹州瓦店遗址，被认为是大禹受封的夏都城。

夏王朝的四周有很多不同的氏族部落，包括东夷、西戎、北狄、南蛮，但他们的生产力水平，明显比中原地区落后。

夏的创立者禹是神话时代的偶像人物。他仅仅是个传说，还是真的有这样一个历史人物，学界对此是有争议的。

王国维在《古史新证》中，通过春秋时期的两件青铜器"秦公簋"和"齐侯镈"上的钟鼎文，并且结合《尧典》《皋陶谟》《禹贡》《周书》《诗经》等文献记录，考证禹实有其人。

而顾颉刚在整理传统古史，批判封建道统，重新建构古史体系的过程中，否定禹的存在，认为王国维"信古太过"。禹实际是九鼎青铜器上的一种动物，而不是一个历史人物，为此，史学界有人批评他有"疑古过头之失"，但是这种观点顾颉刚到晚年依然坚持。

史学界的这段公案，至今没有结论，中国上古史的重建问题，看来任重道远。

20世纪90年代中期开始的夏商周断代工程给出了夏王朝是存在的结论。碳14测定夏建立于公元前2070年，有了科学依据，结论应该是准确的。尽管考古发掘的证据还需要进一步跟上。

中国今天的国土面积非常大，文明的发展道路各有不同，但是相互之间的影响是存在的。在 4000 多年前，产生在黄河流域中下游的中原文明，无疑是当时最先进的文明。

夏末代王叫桀，桀是个残暴的家伙，被东方一个以玄鸟为图腾的部落打败了。

6. 天命玄鸟与甲骨文

　　《诗经·商颂》中有《玄鸟》篇曰："天命玄鸟，降而生商。"这是商部落早期的神话传说。商的先祖简狄，拾到一枚燕子的卵，吃掉鸟卵而有孕，生下了商族的祖先——契。契因协助大禹治水有功，被封到商地。商族因此得名"商"，而商的图腾就是"玄鸟"。

　　商族的首领汤，率领部落推翻了夏朝，在公元前 1600 年建立了商朝。

◉ 殷墟

商朝早期因王族争夺权力发生内乱，以及黄河水患灾害的影响，曾经多次迁都。公元前 1300 年前后，商王盘庚将都城迁到太行山麓漳河、洹河的冲积扇平原地带才安顿下来，史称"盘庚迁殷"。

商王朝在这里的稳定安居，长达 200 多年，并在这块土地上创造了那个时代无与伦比的商文化。

商代留给后世最伟大的文化成就是青铜器和甲骨文。

商代青铜器是祭祀的重要礼器。而有权力主持祭祀、决定族群与国家方向和命运的是"巫"。

"巫"被认为有沟通天人或神人的神秘功能。巫师的咒语加上凶恶威吓的青铜器怪兽图案让普通人站在青铜怪物面前，不自觉地感到自己非常渺小。

这就是商代的巫鬼文化、祭祀文化。

它充满迷信色彩，本质上是对小民或奴隶的精神控制和恫吓，让他们安于现状不敢反抗和斗争。这是商代青铜器的教化功能，也是隐藏在青铜器背后的秘密。

商代青铜铸造工艺水平的高超举世无双。无论是器型巨大的司母戊鼎，还是极尽工巧的四羊方尊，都会让人感叹商人在青铜器铸造方面的工艺水平。

甲骨文的出现与破译是最神奇、最迷人的传奇故事。

1899 年，时任大清国子监祭酒的王懿荣偶感风寒，在家人抓来的中药龙骨中，发现了一些奇怪的符号。作为金石学家的王懿荣立刻敏感地认识到，这可能是一种古文字。经过仔细观察辨认，他认定这是"殷人刀笔文字"。

他立即让人广泛收集"龙骨"。京城"龙骨"和产地河南安阳小屯村的"龙骨"价格应声而起，由原来 6 文钱一两涨到 2 两白银一片。

王懿荣收到 1500 余片有字的"龙骨"，对照商周钟鼎文仔细分辨，认出了其中日、月、山、水等文字。

慈禧太后任命王懿荣为京师团练大臣之后，匆匆忙忙"西狩"去了，一介书生王懿荣的任务竟然是保卫京师。

◎ 商·皿方罍

他向张之洞请求帮助，但那时候的洋务派大臣张之洞、李鸿章、刘坤一、袁世凯等人正忙着"东南互保"，无人理睬王懿荣。他只能率领京师旧有的1500名老弱团练，在既无枪械又缺乏训练的情况下，凭冷兵器与洋人恶斗。结果，王懿荣的民团根本挡不住八国联军的洋枪洋炮，城破时王懿荣投井殉国，他留下的"龙骨"也有部分散失民间。

王懿荣殉国后家道中落，他的儿子王翰甫为了生活，把家中余下的甲骨卖给了学者刘鹗——《老残游记》的作者。王翰甫把这批甲骨阴差阳错地卖给了一个识货的人。

刘鹗学养深厚，对算学、医学、金石、天文、音律、训诂各种学问均有涉猎。他仔细研究了王懿荣留下的甲骨后，于1903年出版了中国第一部研究甲骨文的专著《铁云藏龟》。

刘鹗的书在抱残守缺斋印刷出版后，轰动学界。

◎ 甲骨文

晚清、民国时期，国内一些顶尖的学者开始关注和研究甲骨文。这种情况延续到新中国，特别是20世纪80年代以后，甲骨文研究有了很大的进步。

罗振玉著有《殷墟书契》。

不久之后，《殷墟书契考释》的出版引起国内外汉学界极大的关注。

1928年6月，流亡日本的郭沫若在东京的书摊上首次看到《殷墟书契考释》，立即买下此书。应该说那时的郭沫若仅仅是刚刚接触到甲骨文。在流亡日本期间，郭沫若的研究在前人研究甲骨文的基础上不断深化，特别是王国维的研究成果对他影响极大。在这段时间，郭沫若先后出版了《卜辞通纂》《殷契粹编》《甲骨文字研究》《殷周青铜器铭文研究》等重要著作。

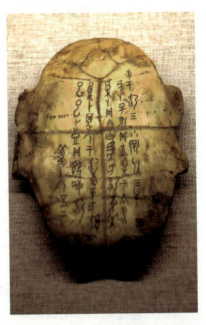

◉ 甲骨文·龟甲

甲骨文的研究，除了以上几位大家之外，董作宾、唐兰、陈梦家、容庚、于省吾、胡厚宣等学者，都进行了卓有成效的考释和研究，并出版了专著，形成了国内专门研究古文字的甲骨学。

商文化的主要特点是巫鬼文化，凡事都要占卜，甲骨文大量记载了商代社会的祭祀、战争、田猎、天象、气候、婚嫁、农牧生产等各种社会生活，是今人认识商代社会状况的重要资料。

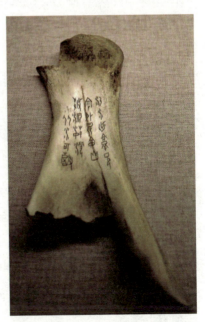

◉ 甲骨文·兽骨

7. 最早的中国

　　"中国"这个概念源远流长，范围也是由小到大有分有合。各个时期的"中国"范围并不相同。"中国"的出现要有两个条件：第一是文化的中心；第二是权力的中心。

　　商王朝有自己的文化中心和权力中心——都城朝歌。但是商代统治的"势力范围"还比较小，把商代称作"中国"在学界是有争议的。

　　西周以都城镐京为中心，"普天之下，莫非王土"。它对自己名下的广阔国土实行"分封制"，把功臣、勋戚、贵族分封到各地，这说明西周的权力覆盖面十分广阔。而文化中心和权力中心在镐京，所以西周具备早期"中国"出现的所有条件。

　　但是"中国"作为一个具有广阔领土和相同文化认同的民族共同体，其形成有一个非常漫长的过程。

　　1963年8月，一位居住在陕西宝鸡贾村的农民，在自家后院挖出一件青铜器，青铜器几经周折，被国家文物部门用30元收藏。

　　1975年，文物专家偶然间发现这个青铜器锈蚀的底部凹凸不平，仔细辨认后感觉它依稀似有文字。专家们打磨掉斑斑锈迹，惊喜地发现青铜器的底部竟然有12行共122个汉字！这个尊的主人叫"何"，"何"的先人曾经追随周武王参加过推翻商朝的战争。

　　周成王赏赐何贝三十朋，何因此作尊，以作纪念。这个尊因此被称"何尊"。

　　何尊上的"宅兹中国"，是我国历史上第一次发现有关"中国"的文字表述，所以弥足珍贵。

◎ 何尊（一）

◎ 何尊（二）

8. 嘉应观与黄河地上河

离开洛阳，在焦作市武陟县嘉应观东南 10 千米处的桃花峪，黄河变成地上悬河。

武陟历史上多有黄河水灾发生。河南民间有黄河是"铜头铁尾豆腐腰"的说法。豆腐腰指的就是武陟以下的河南段黄河。

整个黄河中游冲入下游的大量泥沙首先淤积在武陟，黄河在这里变成地上河，所以武陟县历史上多水患灾害是必然的。

清康熙晚期，武陟连续发生大水灾，康熙帝派四皇子雍亲王来这里治理黄河。在治河期间，雍亲王就住在嘉应观内，指挥河堤加固、河槽疏浚，黄河一度安澜。为此，雍亲王受到康熙皇帝的表彰。

◉ 嘉应观

雍正对此十分得意。他即皇帝大位之后，为了彰显自己治河功绩，斥巨资修建嘉应观，在这里供奉大禹、龙王，同时，这座道观还是治河衙署的办公地点。嘉应观成为我国唯一集宫、庙、衙署三位一体的道观。

1952年，毛主席来到这里视察黄河。时任水利部部长的傅作义，曾经住在嘉应观，指挥"人民胜利渠"和"共产主义渠"的挖掘工程。

嘉应观所在的河南省焦作市武陟县桃花峪，是黄河中游与下游的分界线。黄河从嘉应观段以下，漕河成为悬河。变成悬河的原因是黄河中游水土流失严重，整个黄土高原包括库布齐沙漠、毛乌素沙漠等，每年要往黄河干流中输送16亿吨泥沙，最多的年份达到近40亿吨。

大约四分之一的泥沙因为黄河下游地势平缓，河水冲刷无力而沉入河底。泥沙主要淤积在焦作市嘉应观以下的桃花峪。在桃花峪下游的郑州市和开封市，以及整个华北平原，黄河因为河床中泥沙年复一年的沉淀，淤泥层逐年抬高，成为地地道道的地上悬河。为防止黄河泛滥，自西周至春秋开始，黄河两岸的百姓就一代又一代，一年又一年地加高加厚河堤，以保证黄河这条地上悬河不再泛滥成灾。

现今，黄河的水平面比郑州市高出23米，而河底比城市高出3到10米。

悬河段的过焦作、郑州、新乡、开封……正是河南人口最稠密的地区，黄河就像悬在中州人民头上的一把"达摩克利斯剑"。

从西汉文帝时期开始有河患的记录，到1948年为止，记录的水患达1593次，即不到两年就有一次河患，大规模的黄河改道26次。北起海河，南达淮河，在华北平原广袤土地上，黄河每隔一段时间就会来一次"龙摆尾"。

黄河摆动改道，给沿河地区的百姓带来太多的苦难。

我国黄河堤防维护的记载，在春秋时期已经出现。战国时期，堤防工程开始成为下游各地区的统一行动，但限于古代社会生产力水平的低下，河患始终没有杜绝。

除了黄河因自然灾害而发生河患之外，人为的河患更加可怕。

公元前225年，秦王嬴政派大将王贲进攻魏国。魏都大梁城坚墙高，秦军久攻不下，王贲引黄河之水冲灌大梁，城破魏亡。

这是早期将黄河水用于战争的实例。在以后的岁月中，将河水用于战争的可怕现象多次发生，宋、金、元各个时期都有。

⊙ 桃花峪黄河"地上河"

9. 花园口事件

　　以水代兵从来都不是一个好办法，最大的受害者永远是黎民百姓。抗日战争时期的花园口黄河决堤事件，老辈人惨痛的记忆和当时中外媒体的报道，给后人留下更多的思考。

　　1938年6月，日军土肥原部进攻开封，直逼郑州，威胁武汉。为阻止日军西进南下，并为即将到来的武汉会战做更充分的准备，国民政府的众多要员，包括程潜、冯玉祥、白崇禧、陈果夫及国民政府的德国顾问等人，主张扒开黄河"以水代兵"。在开封吃紧、郑州危急的情况下，蒋介石于1938年6月3日下达秘密指令，扒开黄河大堤！

　　执行任务的是时任河南省主席、三十二军军长商震的部队。他们封锁了中牟县赵口和郑州花园口，先用人工挖掘了两天两夜，然后用炸药炸开大堤。

　　1938年6月9日，黄河大堤两处先后决口，黄水铺天盖地从悬河下泄。

◉ 花园口事件记事广场

洪水所到之处，庐舍荡然无存，人畜无处逃避，田野一片汪洋。

河水淹没豫、皖、苏三省44个县市，形成了长400千米、宽30~80千米，共计2.9万平方千米的黄泛区。其中淹没的良田达84万多公顷。最后的结果是黄河改道夺淮入海。

如果说花园口决堤延缓了日军占领郑州、南下进攻武汉的时间，但与黄河水患给黄泛区百姓带来的苦难相比，还是得不偿失！

根据国民政府行政院统计，花园口决堤造成1250万人受灾，391万人流离失所，89万人被淹死。

黄河每次洪涝之后必有大旱。1942年天旱无雨，加之蝗灾铺天盖地，河南又是日军和中国守军的争夺之地，百姓流离失所，背井离乡，在战乱中的惨状骇人听闻，草根树皮都被啃光，灾民卖儿卖女，甚至"人相食"。美国记者白修德赴灾区调查并报告了这次惨绝人寰的大灾难。他估计黄泛区的死亡人数在300万~500万人。他的调查报告发表在美国《时代》周刊上，世界舆论为之哗然。

花园口事件还造成了巨大的生态灾害。洪水所到之处，河湖淤积，土地沙化，生态环境遭到严重破坏。在黄河泛滥的9年当中，有150.8亿吨泥沙输入下游，其中有一百多亿吨的泥沙铺盖在黄泛区的土地上，使黄泛区的

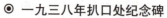
◉ 一九三八年扒口处纪念碑

水系湖泊被侵害,仅洪泽湖淤沙就增加了3.6亿吨,全湖底部淤泥增高1~2米。

据河南史志记载,豫东"堆积黄土浅者数尺,深者逾丈,昔日房屋、庙宇、土岗亦多堆入土中,甚至屋脊也不可见"。"整个黄泛区满目芦茅丛柳,广袤可达数十里"。

这就是黄泛区在大灾之后的悲惨景象。

1946年年初,国民政府以"拯救黄泛区人民于水火"为名,拟复堵花园口黄河口门,使黄河归故道,目的是再次"以水代兵"淹没我晋冀鲁豫解放区。中国共产党以大局为重,同意"黄河归故"计划,但是提出要先恢复黄河大堤,迁徙河床周边居民后再堵口的合理建议。

周恩来先后在开封、菏泽、南京、上海与国民政府当局及联合国救济总署的代表谈判十多次,黄河大堤堵合工程终于在1946年3月1日开工,1947年3月15日花园口决口处堵合工程完工。

历时9年的花园口决堤水灾终于结束了。

10. 开封保留的宋代文化

开封是八朝古都，有 4100 年的历史。它可能没有西安、洛阳十三朝故都那么显赫，但同样是国务院公布的首批 7 个历史文化名城之一。

开封居九州之中，它的城市文化底色是黄河农耕文化，这种文化的核心理念是儒家思想，并且兼容了佛、道和各种民间信仰，同时吸纳了草原文明和丝绸之路文化。所以，开封的文化不仅丰富多彩，而且气度非凡、海纳百川。

首先是八朝古都。夏都年代久远，所有的信息都已经踪迹难觅。公元前364 年，魏惠王将都城由山西运城地区的夏县，迁移到大梁（开封）以后，又有后梁、后晋、后汉、后周、北宋和女真金在开封建都，但对开封影响最大的是北宋。宋王朝在开封建立都城达 167 年。开封城处处可以感受到宋文化元素的影响，特别是由多种宋代文化元素营造出的整体氛围，是开封独有的，也是其他任何城市学不来的。

北宋在科学技术和文化上的成就是前无古人的。印刷术、指南针、火药已经进入实用阶段。毕昇的活字印刷带动了知识与文化的广泛传播；航海中指南针的使用，推动了世界范围内经济文化的交流；火药开始用于军事，推动了世界冷兵器时代的消亡；李诫的《营造法式》是对中国建筑学的高度总结；沈括的科学巨著《梦溪笔谈》是中国科技史上的里程碑；理学的兴起、书院的出现、史学巨著《资治通鉴》的问世……巨匠辈出、群星璀璨的科技文化高峰，出现在中世纪的东方大地上。

北宋的商品经济和社会生活也迈上新的台阶。煤炭取代了木柴，出现了世界上最早的纸币交子。五大名窑的瓷器走入了寻常百姓家。商业活动打通了市坊界限，城市里夜市可以通宵达旦，行会组织保护和垄断本行业的商业利益，繁华的都市生活让开封变得更加世俗化、平民化……

北宋的经济和社会更像商业文明，而不太像农业文明。如果它的发展进程不被打乱并且中断，很可能萌生出新的生产力和生产关系，从而改变中国的历史进程。

开封地处汴河之滨，所以又称汴梁、汴京。作为北宋的都城，它集北宋经济文化精华之大成，是中世纪充满东方魅力的城市。即使到了今天，开封依然保留了代表皇城气派的宋代铁塔，更保留了北宋皇城文化与市井风貌的双重身影。

中国的清官文化源远流长，开封恐怕是集大成的地方。尽管制度比人更重要，但包公祠前日日可见长跪于此的芸芸众生，他们对清官的迷恋九头牛也拉不回来。

开封的市井文化丰富多彩，张择端的一幅《清明上河图》写尽了《东京梦华录》中所有的富贵繁华。

大相国寺建于北齐天保年间，但是，宋代最为繁华，每逢年节庙会，最能全面地展现开封的风貌。无论是《东京梦华录》的记载，还是一辈辈人

◉ 包公祠

◉ 开封大相国寺

的口耳相传，甚至包括施耐庵在《水浒传》中的"小说家言"，大相国寺庙会热闹非凡，正是北宋市井社会生活最真实的描写。

直到今天，"鲁智深倒拔垂杨柳"的青铜塑像还放在大相国寺里。这是为开封保留的一份文化记忆。

开封的小吃品种多样，天下闻名。北有天津狗不理包子，南有上海城隍庙的水煎包，你要是尝尝开封的灌汤包就会知道，天下包子三足鼎立，只有这三家才是包子里的翘楚。

开封鼓楼夜市的小吃街上，三鲜莲花酥、桶子鸡、炒凉粉、陈留豆腐棍、开封锅贴、羊肉炝馍……转一圈仿佛回到千年之前的《东京梦华录》中。

豫剧被称为"中国歌剧"，甚至在全球有华人的地方就有豫剧的爱好者。以大师级的表演艺术家常香玉为首的豫剧曲目唱段，家喻户晓，甚至很多爱好者都会哼唱两句：刘大哥说话理太偏，谁说女子不如男……近年评出的豫剧"十大花旦"，更让人欣喜地看到豫剧后继有人。

开封在宋代就多勾栏、瓦肆。民间艺人在这里展示才艺，儒家的忠孝节义、君臣父子等观念，通过这些剧目和话本，传播给普通民众，最后，成为他们判断是非的标准。

　　开封像一只五脏俱全的小麻雀，把体量巨大的黄河文化中的多种元素、在各个层面全方位地与外来文化碰撞交融后，浓缩在自己的城市文化之中。

　　真是了不起的"宋城"开封！

◎ 包拯像

11. 县委书记的榜样

开封市下辖的兰考县位于豫东平原西北部,是由原兰封县与考城县的一部分在 1954 年合并而成。

黄河紧贴着兰考县的西北侧向东流去,转过一个大弯后,从东坝头进入山东。

兰考县属豫东沙区,历史上黄河两条故道贯穿全境,随处可见寸草不生的沙丘、洼地、盐碱滩,加上长年不断的风沙、内涝,似乎黄河所有的灾难都留给了兰考县。贫困的兰考百姓,每年都要成群结队地外出逃荒要饭。

1962 年深冬,新任县委书记焦裕禄同志来到兰考。

后来,新华社三位记者这样描写当时兰考县的情况:

"1962 年冬天,正是豫东兰考县遭受内涝、风沙、盐碱"三害"最严重的时刻。这一年春天风沙打毁了 20 万亩麦子,秋天淹坏了 30 多万亩庄稼,盐碱地上有 10 万亩禾苗碱死,全县的粮食产量下降到了历史最低水平。"

焦裕禄书记遇到的兰考县,就是这样一个状况。

怎样改变兰考县的面貌?怎样让兰考县百姓不再背井离乡讨吃要饭?怎样把兰考县的经济搞上去?这些沉甸甸的问题压在县委书记焦裕禄同志的心头。

"群众是真正的英雄。"焦裕禄牢记毛主席的教导,坚持"从群众中来,到群众中去",他认真深入最基层的村庄农户家里去调查研究,访贫问苦,就是要掌握第一手资料,集中群众的智慧,找到解决治理兰考风沙、内涝和盐碱"三害"问题的最终办法。

在一次下乡与农民的交谈中,焦裕禄了解到可以用栽种泡桐树的办法固沙治碱，成林后还可以挡住风沙，而且泡桐树生长迅速，通常6到7年成材。泡桐树有几大优点：生长快、分布广、材质好、用途多，既适合绿化造林，又适于中原地区实行农田林网化和农桐间作。

回到县里，他与县委其他同志共同制订治理"三害"的规划。他带领干部和群众查风口、治沙丘，查洪水走向，排内涝，深翻土壤，治理盐碱地，在短短的一年多时间里，使兰考的自然面貌和农业生产条件发生了巨大变化，人民生活显著改善。

60余年来，兰考发生了翻天覆地的变化。今天的兰考大地上泡桐种植早已经规模化，常年保持拥有800万株以上的泡桐。兰考县成为中国内陆地区最大的泡桐生产基地。

成材后的泡桐材料具有保温、隔热、绝缘性能优良，共振性好，辐射阻尼高，内摩擦小的特点，是优良的弦乐器用材，可与著名的用鱼鳞云杉木材制作的乐器媲美。

焦书记若地下有知，可以含笑九泉了。

项目 7　黄河入海流

1. 黄河岸边东平湖

从地理概念上讲，河南洛阳以东的广大地区，都算华北平原的范围。

华北平原的地势比较低，海拔50到100米，宽阔平坦，河湖众多，冲积扇面积达30余万平方千米，是黄河出豫西山地后，挟带着泥沙向大海奔流的过程中，每年有16亿吨泥沙淤积堆叠，年复一年逐渐发育形成的大面积冲积扇平原。

现在的华北平原跨越了京、津、冀、鲁、豫、皖、苏7个省市。

由于黄河经常在华北平原上大幅度改道，而且波及面积非常大。北到海河，南达淮河，都是黄河"龙摆尾"的范围。

黄河进入山东省菏泽市界内，就进入了鲁西北平原。

其实，整个山东沿黄河的地形以平原为主。南部为黄淮平原，属淮河流域；北部为黄海平原，属海河流域。

山东境内的黄河全长628千米，经菏泽、济宁、泰安、聊城、德州、济南、淄博、滨州、东营等9市23县（市、区），在垦利县注入渤海，流域面积为1.83万平方千米。

东平湖与上游的扎陵湖、鄂陵湖都是黄河干流上古地质时代形成的湖盆。黄河是一条非常年轻的大河。

在黄河全流域贯通之前，沿河地区存在很多互不连通的湖盆。它们有各自独立的内陆水系，但是随着地质变迁和喜马拉雅造山运动的影响，西部地区抬升，加上河流侵蚀、袭夺等因素，在大约中更新世时期，黄河干流上的各个湖盆逐渐连通，构成了今天黄河水系的雏形，直到10万至1万年前，从黄河河源到入海口，上下干流全程贯通的大河才最终形成。

青海湖，曾经是黄河干流上的一个古湖盆。很多地质学家推断那时的青海湖很有可能是淡水湖，由于喜马拉雅造山运动，发生激烈的地壳运动，青海湖在青藏高原板块的抬升中与黄河分离，水流交换不畅，逐渐成为咸水湖。

所以，今天的黄河干流上，保留了三个古地质时代的湖盆：上游的扎陵湖、鄂陵湖和下游的东平湖。

东平湖在宋代以前称为"大野泽"或者"巨野泽"，面积非常大。唐代李吉甫撰写的《元和郡县志》记载："大野泽……南北三百里，东西百余里。"北宋时期，大野泽南部因泥沙淤塞变成荒地。所以，官府开始放垦，很快成为农家的阡陌田垄。而北部没有被泥沙淤塞的大野泽水面，成为梁山泊。民间又有"蓼儿洼"、"巨野泽"等称号。那时东平湖的面积比现在还要大很多，号称八百里水泊梁山。施耐庵小说《水浒传》里的水泊梁山，就是东平湖。

现代的东平湖依然比较大，水域面积达 627 平方千米。

1855 年，黄河在山东改道，干流离开了东平湖，向西北迁移，导致黄河干流与东平湖分开，形成今天的黄河河道。东平湖成为单独的湖泊。

东平湖经过几次大规模改造，已经成为黄河在山东地区的主要滞洪区。

◉ 东平湖

2.中国史前历史的曙光在龙山

中华早期文明大多不是诞生在黄河干流上，现在考古发掘的重要遗址，基本产生在黄河的支流或者周边地区。

距今4600年到4000年前，正是我国古史记载的尧舜时期，在今人试图通过考古发掘，寻找并且补充中国史前历史的缺口之前，不能简单地否定史书中记载过的三皇五帝、伏羲、女娲、尧、舜、禹等传说时代的"英雄"，或是"方国"首领，或者叫部落联盟领袖人物的存在。

尽管到目前为止，这些人物都只是以传说的形式，保留在史家的典籍和民间口耳相传的传说之中。

夏商周断代工程首席专家组组长、古代文明研究中心主任李学勤先生强调："夏代不是（中国）文明的起点已很清楚，中国文明的起源应向前推1000年，即公元前第3千纪比较合适，这与文献记载较为相符。"

李学勤先生讲的"向前推1000年"的内容，即仰韶文化与夏商周之间至少上千年历史的"空缺"，已经在山东地区初露端倪，这就是章丘市龙山镇的城子崖遗址。今人用"龙山文化"或者"龙山时代"来标注这个史前文化时期。

城子崖、边线王、后冈、平粮台、王城岗、老虎山6座龙山文化古城，大体上距今4500年至4300年，也有人认为更早，基本上相当于大禹之前的五帝时期，或者和史料记载的炎黄活动时间接近。

我国进入文明时代，应从龙山文化最早兴建城堡的年代算起，考古资料佐证了淮阳平粮台、淅川、下王岗、登封王城岗、临汝煤山、胶县三里河等地，在4500年前都出现了青铜器和城堡。

◉ 龙山文化博物馆

　　龙山文化有四个特点：一是在夏王朝建立之前，有个万国林立的"方国"时代。所谓"方国"就是由几个小部落组成的部落联盟。二是这些部落联盟已经有了供自己居住和防御外敌的城堡和宗教祭坛。三是青铜冶金术已经产生。四是疑似刻符文字也开始出现。

　　在与城子崖遗址同为龙山文化时期的山东邹城丁公遗址出土的陶片上，考古学家发现了疑为龙山文化时期使用的文字，这种文字是在陶片上发现的。所以，考古工作者把这种文字叫作"陶文"。

　　甲骨文是比较成熟的文字，已经具备系统的字法和句法结构规则。

　　从文字雏形产生、发展到成熟，绝不是一蹴而就的，一般要历经上千年。目前发现的陶文还无法识读，但明显与甲骨文和金文不是一个系统，所以，它可能是另外一个文明系统的文字，如同黄帝和蚩尤，明显不是一个文明系统。

　　龙山时期的冶炼水平也令人赞叹。纯铜的熔点是 1084 摄氏度，史前文明时期拿什么做燃料可以达到这么高的温度？但是龙山文化时期的先民们，利用金属共生矿冶炼铜合金，得到了青铜。青铜的熔点是 800 摄氏度，龙山文化或泛龙山文化时期的各地先民们，已经可以掌握青铜冶炼技术。青铜的硬度高，适合做兵器、祭器和生活用品。

龙山文化时代，是方国战争或者叫部落战争频繁发生的时期，也是历史典籍记录的"英雄时代"。战争导致部落兼并，战争催生方国建起高墙城堡用来自卫，军事首领的权力越来越大且不受限制，王权与国家逐渐产生。

龙山文化的研究还在起步阶段，随着山东和其他地区众多龙山时期文化遗址的发掘，中国史前文明"缺失"的那1000年，很可能会越来越清晰地展现在世人面前。

3. 理性精神的开端

中国智慧开始走向理性，并且逐渐走向成熟的节点在山东。

山东文化镜头的聚焦点在曲阜。那里是孔子的家乡，以孔子为代表的儒家思想的诞生，是中国精神由"巫"入"道"，摆脱巫术和迷信，走向理性与智慧时代的开端。

曲阜有泗水、沂水等河流流过。驱车路过泗水时，突然想到喜欢带着学生春游的孔子，当年可能就是在泗水或沂水边吟哦："沧浪之水清兮，可以濯我缨；沧浪之水浊兮，可以濯我足。" 抑或在川上曰："逝者如斯，不舍昼夜。"如此便感觉孔老夫子尽管一把年纪，依然是有童心、有情趣的人。

◉ 孔府官道

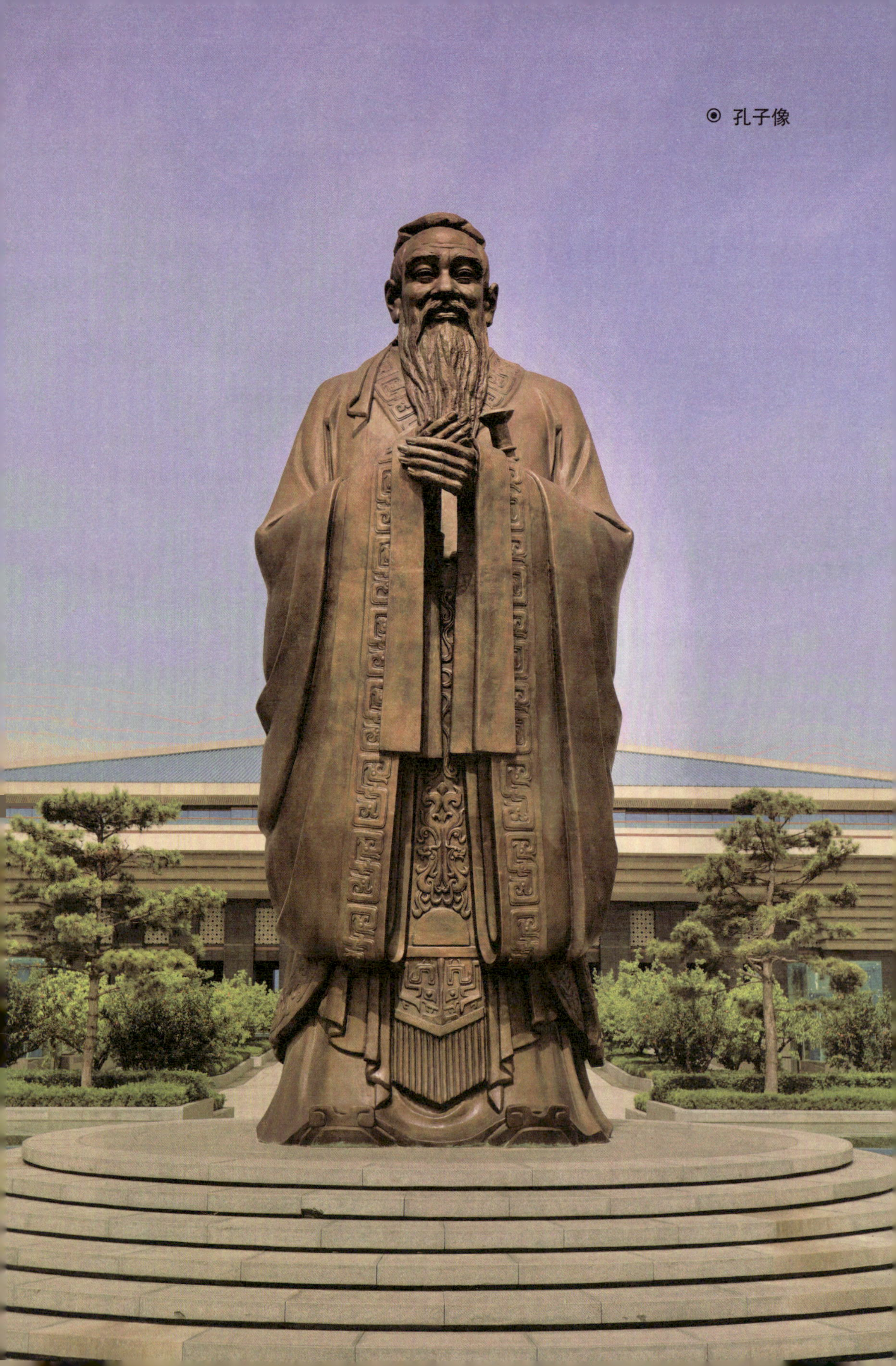

◎ 孔子像

曲阜"三孔"景区，古木参天，掩映着一处巨大的古代建筑群。

孔庙，公元前 487 年开始，由鲁国的国君为其修建，经历代修缮扩大，如今已经成为占地 14 公顷的古建筑群。孔庙核心建筑为大成殿。

孔府建得较晚。它是宋仁宗庆历年间专门为孔子后裔所建的住所，称为"衍圣公府"。

孔林是孔子及其后代的墓地。

"三孔"景区气势宏大，一条汉白玉铺就的神道直通孔林景区门口，神道入口处是一座碑亭，内有明万历皇帝题写的碑文"大成至圣先师孔子神道"。神道为左右进出两条，路边有四排柏树，其中最古老的大树，传说为汉柏。古树虬枝横斜，郁郁葱葱，极见精神。

孔庙大成殿原址是孔子生前居住的地方，最初只是三间茅草房。孔子逝世之后，鲁哀公在三间草庐的原址为其建庙，后经历代帝王扩建，孔庙越来越壮观。唐代这里成了文宣王殿，到宋徽宗时改名"大成殿"，延续至今。

孔庙大成殿前的"杏坛"，是孔子讲学时带领学生垒土建成的。孔子在

◉ 大成殿

这里开办了中国历史上的第一所"私学"，讲授"六艺"。六艺是指儒学"六经"，也就是《诗》《书》《礼》《易》《乐》《春秋》。

孔子授徒讲学打破了商周以来"学在官府"的教育格局，影响非常大。而孔子的教育思想是"有教无类"，为中国的平民教育开了先河。他还提倡"学而不思则罔，思而不学则殆"，主张"学思结合"，是很好的教育方法。

他先后招收了3000多位弟子，其中最优秀的学生有"贤人七十"。

在杏坛东南侧有一棵参天古树，旁边立着明代杨光训手书"先师手植桧"的碑刻。相传当年孔子一共手植三株桧树，但是在金贞祐二年，孔庙遇大火，三株桧树被烧死。多年后，在原来古树死去的地方长出了新苗并逐渐长成大树。没想到，明朝弘治十二年，这棵桧树又遇火灾，被烧得只剩树干。

清朝雍正二年，这棵树干再遭大火，烧得只剩树根。但是8年之后，即清朝雍正十年，这棵神奇的古树又开始发芽生长了。几经轮回，300多年过去，这棵古树终于又长成一棵参天大树。

这棵孔子手植的古桧，历经2500多年，几番生生死死的天道轮回，而今依然郁郁葱葱！

2000多年来，儒学经历了"百家争鸣"的砥砺，"焚书坑儒"的磨难，"独

◉ 孔庙入口牌楼

尊儒术"的转型，魏晋玄学的改造，儒、释、道的交融，宋明理学的发展和近代以来的沉浮变迁，在与各种学说的交融和碰撞中既一以贯之，又与时迁移，应物变化，显示出强大的生命力，惠泽至今。而且在世界的思想史上，拥有自己的一席之地！

这是儒学特有的、生生不息的生命力！正如孔府中那棵历尽沧桑的古桧树。

儒学是中国的，也是世界的。

它将伴随着我们这个民族，走向未来。

孔林中最重要的核心区就是孔子墓。孔子墓四周绿树浓荫，古老的柏树围绕着墓地。墓碑上刻着"大成至圣文宣王墓"八个大字，是明代正统八年之物。墓碑是原碑碎块重新拼修的。

史载，孔子逝世后，他的众多弟子为其守墓 3 年，然后纷纷离开。只有子贡独自守墓 6 年。

孔子墓左侧的"茅庐"就是子贡当时守墓时的居住地。子贡逝世后也葬在孔林。

在孔子墓的右侧，有孔子的儿子孔鲤和嫡孙孔伋的坟墓。孔伋就是子思，

◉ 孔子墓

他与孟子同为战国时其儒家学派的代表人物，影响非常大，被后人称为"思孟学派"。

孔林占地 3800 多亩。凡孔子后人去世后都可以葬入孔林，唐代经学大师《五经正义》的作者孔颖达、明末清初的戏剧家《桃花扇》的作者孔尚任等孔子后代，也安葬在孔林。

站在孔子墓前，感慨万千、思绪万千。

孔子留下了太多的思想智慧给后世，包括中国周边的亚洲汉学圈。几千年来中国社会的思想观念、伦理道德、行为规范、是非善恶的标准，基本源于孔子。这份精神遗产既沉重又鲜活，既有传统美德，又有历史糟粕，融入并造就了民族的性格和思维方式，以至于后学提出"六经注我，我注六经"，孔子对中国思想的影响怎么估计都不过分。

孔夫子讲自己"述而不作"。只"述"先王之道，这说明他是一位传道之人，而不是自己创造先王之道以外的东西。他"信而好古"，保留了很多古代的重要典籍。这些典籍强调了以"仁"为核心，以"礼"为形式，以"中庸之道"为方法论的人本主义哲学，这些儒学遗产塑造了后来的中国人的国民性。

孔子是个倔老头儿。他在整理古代典籍的时候主观意识非常强，凡是不符合他个人观念的内容，就被删掉。比如他认为"郑声淫"，就删掉了。现在的《诗经》保存了 305 篇，被删掉的又有多少？恐怕更多。

最可惜的是《尚书》。后人写上古史，除了《尚书》以外，资料因为孔子的删除而减少了很多，所以中国的上古史至今还处在"传说"时代。

其实《尚书》之外，历史典籍还保留了大量的史料。近现代出土的大量竹简，包括《竹书纪年》、清华简牍等，都发现了《尚书》以外更多的历史细节。

但是，这些新材料是后世历代史学研究者看不到的，因为孔子对史料的选择性删减，后世的史学家已经很难勾画出上古时期较为清晰完整的历史画卷。所以，近代晚期大家，像王国维、顾颉刚等，都做过很多非常有益的重建上古史的工作。

孔子在整理《春秋》的时候，发明了"春秋笔法"。这种笔法与史家倡导的"秉笔直书"正好相反，主要表现是"为尊者讳"，或者叫"为尊者隐"。这种笔法为后世开了一个很不好的先例，因为隐去很多"尊者"的恶德和做的坏事，实事求是的态度没有了，历史的全貌也没有了。

◎ 孔府官道牌楼

4. 孟庙见闻

孟子是继孔子之后，儒家学说最重要的继承者和代表人物。

孟子故里在山东邹城市，今属山东济宁市，战国时期称邾国。孟子的出生地在凫村，今天的"孟府"即孟子后来讲学的地方，距离凫村有20千米之遥。

孟庙又称"亚圣庙"，是历代祭祀孟子的地方，建于北宋景祐四年，当时孔子的45代孙孔道辅任兖州知府，在城东北四基山麓找到了孟子墓，于是，在墓边修建孟庙。北宋宣和三年由乡绅徐绂出资，将孟庙迁于现址。

孟庙内现存历代碑刻280余通，宋元以下的古树名木300余株，可谓"乔木参天绕古祠，满地丰碑满壁诗"。

走进孟庙景区的大门口，首先看到的是当地政府立的牌子，将孟庙定为"青少年爱国主义教育基地"。

走进孟庙，尽管红墙绿瓦的建筑掩映在参天古木之中，而且很多桧柏树

◎ 亚圣殿

都是宋元时代的古树，但是在感觉上，孟庙比"三孔"景区要精致很多。

孟子一生没有做什么官，只是在齐威王手下做过一个无实权的幕僚。

孟子65岁返回乡里，开始讲学。他的学说师承于孔子的嫡孙孔伋，即子思。他与子思共同创立了战国时期的"思孟学派"，这当然是后来儒生们总结的，但孟子是战国时期儒家学派的代表人物，也是继承和发展儒学的大师，他的影响比他的老师子思更大。

从孔子到孟子生活的时代，正是春秋战国之际，生产关系鼎革，历史风云际会，百家学说勃兴。以人为本、天人合一、道法自然、自强不息、和而不同、天下为公的民族性格，多民族国家的制度建构，在学理上开始奠基。

政治体制、经济形态、社会结构等方面的变革，在引发社会动荡的同时，一大批形形色色的人物开始发声，形成众多的思想流派，这种现象就是所谓的"礼失求诸野"，而发端之地就是稷下。

中国最早的官办高等学府稷下学宫，出现在齐威王治下的齐国。

开始改革的一部分稷下学宫是齐威王变法改革的产物，孟子曾参与筹建工作。

稷下学宫是中国官办的第一所学术机构，有非常良好的学术民主气氛。

稷下学宫的老师被尊称为"稷下先生"，他们出身不高，是"求诸野"而得到的人才，即来自民间。这些思想家在稷下学宫可以自由地著书立说，

◉ 孟府宋柏

并且广收门徒，他们中很多人后来成为齐国的幕僚，更多的则是成为纯粹而独立的教书先生。

在稷下学宫，实行学生和老师之间双向选择的学习制度，读书气氛浓烈，允许自由讨论，学生甚至可以质疑老师的观点。

所以，稷下学宫营造了中国学术思想上"百家争鸣"的良好氛围，吸引了战国时期众多著名的学术流派和著名的思想家。

《尚书·大禹谟》推崇"野无遗贤"，历朝历代的圣君明主也希望把天下的贤人全都收拢在自己身边。在150多年里，先后有12个流派，在这里授业、

◉ 孟母断机处

解惑、释疑、传道。儒家、道家、法家、墨家、兵家、农家、杂家、名家、纵横家、阴阳家、小说家、方技家等各家各派，在稷下争鸣。著名的思想家孟子、荀子、邹子、慎子、申子等人在稷下学宫讲学，也留下了众多先秦诸子的著作。这些著作对后世的影响是全方位的。

荀子就在稷下做过三任"祭酒"，他的两位高足则对中国历史和思想史产生重大影响，一位是后来秦始皇的宰相李斯，另一位是战国时期法家的代表人物韩非子。

《孟子》是继《论语》之后儒家思想最重要的经典著作，包括了孟子的治国理念、对各家学说的理解和思辨、教育弟子的言论、游说诸侯国的内容等。

孟子最可贵的是民本思想。"民为贵，社稷次之，君为轻"的思想，来自儒家经典著作《尚书》。《尚书》曰："民惟邦本，本固邦宁。"这是孟子民本主义思想的根源。中国 2000 多年来，以民为国本，一直是群众追求完美社会的基础理念。

另外，孟子对塑造中国历代知识分子的文化人格影响巨大，像"富贵不能淫，贫贱不能移，威武不能屈""吾善养吾浩然之气""舍生取义"等。

孟子对统治阶层也多有警告。他"得道多助，失道寡助"的思想，无论在历史上还是在现实世界中，都具有重要的意义。

孟子思想是中华民族的优秀思想遗产，在塑造中国人的性格与修养方面，孟老夫子的影响怎么估计都不过分。

还有就是孟子的文风，广受历代文人墨客推崇。

人们评论《孟子》的文风，称之为"孟文浩荡"。这是说《孟子》行文气势磅礴，感情充沛，雄辩滔滔，极富感染力，是先秦散文中极具魅力的。每读《孟子》，都有胸襟开阔、浩然之气充溢于天地之间的感觉。读《孟子》是一种享受。

5. 黄河入海口

位于山东省东营市垦利区的黄河三角洲，是黄河夹带大量泥沙沉淀淤积在入海口形成的冲积扇平原和湿地。

我国历史最早记载的黄河改道是在周定王五年，有记载的河流改道达1700余次。黄河改道中摆动的范围非常大，北至海河，南到淮河，甚至有并入长江入海的历史记载。

今天，山东入海口的黄河按照淤积—延伸—抬高—摆动—改道的规律不断演变。黄河入海口的陆地面积随着黄河泥沙淤积而不断扩大，历经150余年，逐渐淤积成当代的黄河三角洲。

黄河入海口海拔只有5~15米，北起套尔河河口，南到淄脉河口，向东呈扇形展开，整个湿地面积非常广阔，达到5400平方千米。它是中国最完整、最广阔、最丰富的湿地生态系统，是著名的国家级黄河自然湿地保护区。

湿地里的植物种类达685种，有刺槐、旱柳、柽柳、芦苇、盐地碱蓬、植物野大豆等。

湿地有386种野生鸟类，包括天鹅、东方白鹳、鹈鹕、丹顶鹤、白鹤、大雁、野鸭等，很多濒危鸟类在黄河三角洲都可以看到它们的影子。

从三角洲景区大门到黄河入海口的岸边，沿着一人多高、繁茂的苇草丛穿过20多千米的湿地原野，才能到达入海口。沿途可以看到一丛丛、一簇簇两米高的芦苇丛、蒲草丛、杂树丛。清澈的小溪在蜿蜒流淌；晶亮的水洼、小湖，隐藏在高大茂密的草树丛中。各种大雁、野鸭和不知名的水鸟在草丛里觅食、产卵、孵化、游弋、啼鸣。一曲庞大的生命交响乐在黄河三角洲广袤的湿地沼泽中奏响。

从空中俯瞰草海中的那条黄色飘带，向东方的入海口伸延。

出海了！终于看到了黄河与大海汇合的那条黄绿相间的水带。

那是从青藏高原巴颜喀拉山北麓的涓涓细流，在长奔 5464 千米后，汇合了众多支流的黄河，波澜壮阔地奔向海洋！

黄河回家了！

黄河从峭壁陡立、重峦叠嶂的青藏高原出发，蜿蜒"九曲千弯"，长途跋涉，走过若尔盖湿地、黄土高原、内蒙古高原、河套水湾、晋陕峡谷、豫西山地和华北平原，终于"奔流到海不复回"。

像顽皮的青春少女，黄河欢腾地奔跑着、跳跃着扑进大海母亲的怀抱。这是回家的欢乐，也是找到归宿的欢乐，更是裹挟着5000年厚重的历史风尘、带着由古老的华夏族发展成为生机勃勃的中华民族，并且融合了亚欧大陆上多种古老的文明走向海洋，连接并且融入世界文明的巨大欢乐。

黄河真的回家了！

◉ 黄河入海口

行走黄河的旅行札记（上）

很早就有走黄河全程的想法，但真正集中时间和精力，全程考察黄河并不是件容易的事情。

终于在 2020 年 3 月遇到了难得的机会。当时，包头市黄河经济文化发展研究会的负责人找我谈话，提出由我带队，和摄影家王书墉、作家陈吟一行三人，对黄河全流域进行考察。

参与过多次路途长长短短，范围大大小小的各类文化考察，走黄河全程是我一生中最重要的田野考察，心情何等激动，可想而知。

黄河是一个体量巨大的富矿，上下 5000 年，纵横万余里，要讲述好黄河的故事，首先要全方位地了解黄河。

于是，购买有关黄河的书籍，特别是各省区的黄河志，以及古往今来与黄河治理有关的文章和作品，认真学习、研读。尽管下了不少工夫，像我们这样的走大河过程，只能对这条中华版图上最厚重的河流，做管中窥豹式的了解，但有这样的机会，依然让我兴奋不已。

心中像揣着一团火，调动自己的全部知识储备，抓紧恶补有关黄河的知识，提出自己不清楚、不明白的问题，目的只有一个，就是无论如何也要看看这条养育了自己的大河，写出自己心中的黄河。

近三个月的准备之后，终于可以开始考察了。

1. 出行的日子

2020 年 5 月 28 日清晨，自驾汽车出包头市区。

G6 高速在城市北侧的大川上向东方伸延。

北望阴山，有青山隐隐的感觉；南望黄河，在市区林立的建筑物缝隙之间，偶然可以看见一条白色的丝带，飘逸在平原上的天地之间。

我们都知道，那是黄河。

这些年大青山绿化有了成效，部分城市段的植被基本上可以把山体向阳面岩石全部覆盖，北望阴山，满眼翠绿。

一个个熟悉的地名路标，在高速公路边飞快闪过，阿善、西园、韩庆坝、莎木佳……

这些几千年前史前人类的遗址都是背靠青山、面对黄河，史前人类只能临水而居。

如今，这些遗址或静静地躲藏在阴山脚下的山坳里，或者散落在山脚下膏腴肥沃的平原上，年复一年地昭示着古老黄河文明的存在。

这些晚期"河套人文化"在包头大地上星星点点的历史遗存，静静躺在博物馆里分明在告诉今人：在黄河几字弯南北两侧的漠南草原地带，同样是人类文明的发祥地，同样是黄河文明的最初曙光。

人类最古老的文明，都书写在大河岸边。所以，大河本质上与生活在河岸人类族群的精神息息相关。

人类与大河的互动，创造了陶器、青铜、文字、城邦国家等文明的最基本元素。

河流的性格，也是大河上世世代代生生不息的人类族群所赋予的。反过来，大河又造就了这些人类族群的世界观、价值观和文化性格、思维和行为方式。

行至天津界南部的武清区杨村镇一带，天色渐晚，看了看里程表，今天行走 750 多千米，该飞鸟投林了。

夜宿武清。

晚餐时开了个小会，明天的目的地是山东东营，那是我们考察的起点。之所以溯河而上，是因为 5 月下旬青藏高原的植被还没有绿，摄影师认为拍摄的照片效果不好。

◎ 彩陶

2. 山东篇

2020 年 5 月 29 日，山东东营黄河入海口。

在很远很远的地方，在距离黄河入海口几十千米的地方，便可以隐隐闻到混合着海风和湿地特有潮湿气味儿的草海芬芳。走进湿地公园才知道，离真正的黄河入海口，还有 20 多千米呢。

进入湿地首先被震撼到的竟是那些铺天盖地滚滚而来的绿色。

从大草原上走来的我，居然从来没有看过如此广袤的草海。孤独地立在夕阳下，痴痴傻傻地看着在晚风中摇曳翻卷如波涛般起伏着伸向天边的草浪。

感动、惊奇、错愕，一刹那竟然泪崩。

没有想到眼前的湿地面积如此广阔，更没有想到大河湿地的沼泽里晶亮的湖泊、水湾、小溪、河流竟是如此众多。

一条条发着白光的水带，静静地在草海下蜿蜒流淌，白鹳、天鹅、丹顶鹤、大雁、鹭鸶、野鸭等数不清、叫不上名字的鸟类，在草海深处繁衍着。

那是生命在大自然中庄严的延续，更是黄河入海口广袤湿地上的溪流和草海共同演奏的一曲既雄浑壮丽又优美细腻的生命交响曲。

从巴颜喀拉山长奔而来的大河，在高原、山地、林莽、草原与平川之间奔腾，在渤海湾起伏的波涛里终于看到了自己生命的归宿。于是，黄河欢唱着扑进大海母亲的怀抱。

天水之间到处是壮美无比的天然画卷，无须刻意构图，随意举起相机便有大片问世。

正是长河落日时。

◉ 大河落日

　　夕阳像神奇的画笔，肆意挥洒之间，望不到边的大河河面、湿地苇丛、停泊在岸边的蒸汽轮船，便是一幅绝美的剪影。

　　在刻有"黄河入海口"的巨型石雕前，与考察组的摄影师、文字编辑合个影，记录下生命中庄严的时刻，也是与母亲河可遇而不可求的亲近机会。

　　徘徊在日落时分的黄河入海口，只有短短的几十分钟，壮阔的大河与湿地仿佛永远融入自己生命的记忆里，融入河岸上每一个卑微躯体的血脉之中。

　　太阳坠入西方黄河入海口的辽阔水面。深蓝色的空中，金红色的彩云像五彩斑斓的绸缎一样飘荡在遥远的天边。草海翻卷着，掠过大地与河面的晚风带着阵阵潮湿与凉意吹来。真不想离开这里，痴痴傻傻地看着流动的河水发呆。夜色开始笼罩泛着白光的广阔河面，周边的苇丛也变得黑黝黝的，同伴们催促着必须回去了……

　　终于，天空的薄云缝隙中，挤出大半个白白的月亮。良久，目送夜色中大河东去，发现月光下的河水，竟像一条闪光的白色丝带，飘向水天一色的大海……

2020 年 5 月 30 日，国家方志馆黄河分馆、济南大明湖。

国家方志馆的黄河分馆，坐落在东营市区。

专业、严谨、务实的表述，让我看到了翔实可靠的黄河研究成果。几年来关注黄河以及与黄河自然地理、历史文化有关的各类书籍和文章，但是不虚夸、不溢美，不讲空话，实实在在地从"志说黄河"的角度，"存史、资政、科普、育人"，还是头一次在这个方志馆里看到。

那是个高水平的黄河文化馆。

在文化馆里，整个黄河流域的水文地质、生态环境、气候变化、河水流量、泥沙治理，峡谷、干流、支流情况，不同时代的河道变化及与古地质气候变化的互动等情况展现得生动而直观。

真正受益匪浅的是，原来对黄河的专业表述应该是这样的！让我感到震惊的是，方志馆对黄河的表述与我过去接触到的众多的黄河研究有很大的差别。

◉ 黄河文化馆

离开东营市，午后进入济南，一个非常古老的历史文化名城。城市因坐落在古四渎之一的"济水"之南而得名。

济南城市非常美，有 2000 年古城的独特气质。

傍晚散步，从趵突泉经环城河道步行到大明湖，古木参天，碧水环绕。在大明湖上荡舟，脑海中浮现出清嘉庆九年由书法大家铁保撰写的著名对联：四面荷花三面柳，一城山色半城湖。

大明湖也因宋词大家李清照与辛弃疾曾在这里生活，增添了不少人文色彩。

在大名湖边徜徉很惬意，仿佛回到了"恰同学少年"的时代。大家回忆吟咏着唐宋诗词名篇，记不全的地方，有人补充，夜幕在快乐的嬉闹声里降临。

虽然早已到了两鬓斑白的时代，依然其乐融融。

走出大明湖公园，华灯光影下的环湖路旁，灯影摇曳，人来人往。街头各种小吃坛子肉、甜沫、包子、孟家扒蹄、把子肉、奶汤蒲菜……令人馋涎欲滴。在大明湖游园之后，很多人会到各类小吃店一饱口福，真是惬意得很。

2020 年 5 月 31 日，山东省博物馆。

在国内每到一地，都要去看博物馆。国内有三个博物馆，给我留下的印象深刻。

第一个是位于兰州市的甘肃省博物馆。特点是展品中丝绸之路上的文物，天下无出其右，特别是武威出土的"马超龙雀"。

第二个是西安的陕西省博物馆。特点是作为十三朝古都，这里遗留的文物重器天下无双。

第三个是山东省博物馆。重点关注以孔子为代表的先秦诸子和稷下学宫，把"百家争鸣"对中国思想文化的塑造与影响，展示得非常充分。

山东的人类文明从未间断。

山东有旧石器时代的遗址，考古发掘与研究比较深入的有史前时期的大汶口文化、龙山文化，到稍晚一点出现的东夷文化。这些遗址中发掘出土的器物，与河南二里头时期的器物，堪称中华文明源头的"双璧"。

可惜的是，人们较多地关注了夏商周文化，对早于夏商周时代的"方国时代"研究，没有充分展开。而山东的龙山文化时期，恰恰是比较典型的方国时期。

西周封到各地的诸侯中，有两位是为周王朝立下不朽功勋的重臣，他们被分封到齐国和鲁国。

山东省博物馆馆藏文物中一块秦始皇"登泰山封禅碑"，引起我极大的兴趣。这块石碑上保留了丞相李斯手书的小篆133字，这是秦始皇"书同文"政策留下的唯一实物。李斯手书的小篆沉雄、凝重、大气磅礴，只有统一天下的大秦时代才有这样的气势，其他任何时代的书法家都写不出这种风格的"大秦气运"！

◉ 登泰山封禅碑

"登泰山封禅碑"是今天能够看到的秦小篆中不多的历史遗存。

王国维在《人间词话》里讲："文章关气运，非人力。"所谓"气运"，实际是指一个时代的环境气氛对艺术风格的影响。比如今天的人，绝对写不出《春江花月夜》或《滕王阁序》，反过来说，唐人也写不出今人的感觉。

春秋战国时期，以诸子百家为代表的众多杰出人物，儒、道、法、墨、阴阳等各思想流派，不仅当时鹰扬齐鲁，而且独步天下。他们对后世的影响怎么估计都不为过。"百家争鸣"标志着大河流域的各个族群开始用理性精神规范思想和行动，从而走向自觉。

齐鲁大地是"理性精神"的发源地。从这时开始，中国人逐渐用宗法制度取代了巫术与宗教迷狂，这是历史的进步。

2020年6月1日，泉城济南观泉。

济水在《尚书·禹贡》和《水经注》中均有记载。它和长江、黄河、淮河并称"四渎"。

古代把单独流入海洋的河流叫作"渎"。

济水发源于河南济源界内王屋山的太乙池，由河南荥阳向东穿过黄河，在山东济南以北流入渤海。今天的济水已经断流，但是在某些地方，还可以看到旧河道的印记。

济水之南有"泉城"。

泉城多泉。旧闻自唐宋至明清，泉城百姓家家门前一眼清泉。平日里，市井间淘米洗菜、浆衣烧饭、扫榻留客、围炉烹茶的好日子，都离不开清泉。泉城之泉水质甘甜清冽，尤以烹茶待客、围炉小酌、抚琴垂钓、观雪赏梅为乐。

我们几个人突发雅兴，清晨入坊间数泉，见黑虎泉、白石泉、漱玉泉、琵琶泉、五莲泉、趵突泉……跑得大汗淋漓，竟数不过来。始知泉城泉多、水美、景秀。

泉城名泉虽多，以趵突泉最为著名，可以说天下尽知。达官贵人、文人墨客也多有题诗。

立于泉边石栏前，观泉水清澈甘冽汩汩而出，心旷神怡。

◉ 趵突泉

趵突泉是古泺水的源头，泺水流入济水，是黄河的支流。元朝赵孟頫的《趵突泉》云：

泺水发源天下无，平地涌出白玉壶。谷虚久恐元气泄，岁旱不愁东海枯。云雾润蒸华不注，波涛声震大明湖。时来泉上濯尘土，冰雪满怀清兴孤。

清朝的康熙皇帝南巡时，路过此地也留下《趵突泉》诗一首：

十亩风潭曲，亭间驻羽旂。鸣涛飘素练，迸水溅珠玑。汲杓旋烹鼎，侵阶暗湿衣。似从银汉落，喷作瀑泉飞。

其实，趵突泉周边有众多泉眼，合称趵突泉群，是古泺水之源头，发现于春秋时期，传为舜帝之妃娥英居住之地……

美丽的故事让我浮想联翩，竟有做一日泉城人，不枉此生的感觉。泉城真好。

2020 年 6 月 2 日，山东曲阜三孔景区。

"天不生仲尼，万古如长夜。"

站在曲阜的土地上，突然理解了孔子对后世中国社会的影响，恐怕是古往今来第一人。

难怪有"半部《论语》治天下"之说。

春秋战国时期，"礼坏乐崩"，周王朝建立的政治秩序、等级制度，被诸侯冲击破坏得一塌糊涂。而孔子的儒学讲究"仁"和"礼"。"礼"就是等级制度，它既维护周王朝的纲纪伦理，也规范百姓的日常行为，所以，在诸子百家中，儒学逐渐被后代君王推崇，开始脱颖而出。

自西汉董仲舒提出"独尊儒术"之后，历代帝王大都加以推崇，逐渐成为国家的意识形态。孔子的地位也因此越来越高，由一个普通私塾先生被历代帝王加冕，成为仅次于皇帝的文宣王。

在孔府之中，我看到了一块"鲁壁"。没有想到这块墙壁，竟是中国古代文化的重要保存地。

秦始皇焚书坑儒，收天下之书。孔门后人悄悄把大量书籍藏于壁内，不仅躲过了焚书的烈火，而且保存了中华文化的血脉。

汉初，广收天下之书，孔府藏于"鲁壁"中的经书现世，称今文经书。

这是中华文化的一大幸事。

孔府官道路边的森森古柏传为汉代的柏树，至今青葱茂盛，给人带来强烈的震撼！老树历 2000 余年雨雪风霜愈见精神！

◉ 古柏

这或许也是以孔子为代表的儒家学说宿命的象征。

"三孔"景区非常大，占地面积 3800 多亩。景区现存最早的建筑是元代的建筑。元代开国皇帝忽必烈曾经过问孔府的修建工作。明代万历皇帝亲笔题写"大成至圣先师文宣王孔子神道"碑文。

2020 年 6 月 3 日，山东曲阜孔子博物馆。

曲阜城南几千米处，有孔子博物馆。

清晨我们一行跑来参观。

博物馆的整个建筑方方正正。

馆前的孔子立像据说是根据唐代大画家吴道子的画作重塑的。

馆藏文物多为商周时期的青铜重器，而对孔子的生平及儒学在历朝历代的代表人物和学说介绍，非常专业细致。

曲阜的孔子博物馆不愧是全国唯一一家最有规模、全面介绍孔子的专题博物馆。

遗憾的是时间原因，参观博物馆来去匆匆，浮光掠影。

近午时分离开曲阜，驱车向西赴河南。

黄昏时分，进入开封。

这以后便是河南篇的内容了。

3. 河南篇

2020 年 6 月 4 日，河南开封。

午后从山东进入河南开封。

由于汴水流过开封，这里在古代又称汴州、汴梁。

开封城的历史非常悠久，是春秋时期郑国的疆土。郑庄公以开拓封疆为名，在公元前 743 年到前 701 年修筑了一座古城邑，定名开封。

开封是八朝古都，有史可考的最早为战国时期魏国的都城大梁。司马迁在著述《史记》时曾经三次来到大梁；战国时期"四公子"中的信陵君魏无忌"窃符救赵"的故事，就发生在开封。

公元前 225 年，魏都大梁城被秦军攻破，魏国灭亡。大梁城城墙又高又坚固，易守难攻，秦军在久攻不下的情况下，引黄河水灌城，大梁城墙被洪水浸泡三个月，城破魏亡。

开封还是五代时期后梁、后晋、后汉、后周及北宋和女真金王朝的都城。

进入开封界，首先直奔大名鼎鼎的黄河"悬河"段，即开封市北 10 千米处黄河南岸的柳园口"悬河"大堤，进行参观考察。黄河早已成为世界罕见的"悬河"。所谓"悬河"，是指河床高出两岸地面的河流，又称"地上河"。

黄河中游流经土质疏松的黄土高原和库布齐、毛乌素两大沙漠，这一带因为植被稀少，水土流失严重，河水夹杂的泥沙量非常大。

黄河日积月累的泥沙淤积在河的底部，年复一年地抬高河床，开封段黄河水面目前平均高出城市 6~7 米，有些地方高出 12 米。城市的头顶上悬挂着一条世界级的大河，想想都觉得可怕。

所以，自古以来开封的地方官和百姓，只能每年加高河堤或严防死守黄河大坝，以确保城市安全。

由于历史上黄河下泄，开封多次被淹。2000多年来，被埋入地下的共有6个城市文化层：战国时期的魏国都城大梁、唐代的汴州城、北宋的东京城、金代的南京城、明代的开封城和清代的开封城。

开封，真是一座饱经沧桑而又顽强不屈的古城。

2020年6月5日，新乡陈桥驿。

从开封到新乡要过一座黄河浮桥。

车过黄河便进入了豫北地区的新乡市，小麦已经成熟。

河南是中国粮食的主产区之一，更是小麦的主产区。金浪翻卷，一望无际……路边的打麦场上机器轰鸣，金色的麦粒堆成一座座小山。

陈桥驿，坐落在新乡市陈桥村。

这里是晚唐五代时期一个非常普通的官府驿站。

公元959年，后周世宗皇帝柴荣驾崩，7岁的周恭帝柴宗训即位。

◉ **当代黄河浮桥**

公元 960 年正月初一，有消息称，契丹联合北汉大举入侵。正月初三，后周禁卫军最高统帅殿前都点检赵匡胤等，匆匆带兵离开都城，夜宿陈桥驿。

赵匡胤被拥戴他的部将披上黄袍，发动了陈桥兵变，然后率军返回开封城。守城大将石守信、王审琦打开城门，恭迎赵匡胤。年幼的周恭帝被迫"禅让"，被降格为郑王。陈桥驿也因此被载入史册。

赵匡胤曾经在宋州任归德军节度使，所以称帝之后，赵匡胤将新建的王朝称为"宋"。

中国古代第一个皇帝秦始皇在公元前 246 年登基，到 1912 年末代皇帝溥仪下野，中国经历了 2158 年帝制时代。中国历史上先后产生了 422 位皇帝。在漫长而众多的帝制统治时代，宋太祖赵匡胤算是一位比较杰出的帝王。

赵匡胤即位后最放心不下的有两类人：一是以赵普为首，精于计算工于谋略的幕僚集团；二是以打败北汉的卫国公石守信和殿前都指挥使王审琦为首的武人集团。

他们共同拥戴赵匡胤登上帝位，但这些骄兵悍将既是心腹也是随时可以反叛他的强劲对手。其中不少人本身就是割据一方、拥兵自重的节度使。

◉ 陈桥驿

公元 961 年秋，赵匡胤果断采用"稍夺其权、制其钱谷、收其精兵"的策略，收回了地方节度使的行政权、财权和兵权，消灭了地方割据势力。此番操作也成就了赵匡胤举重若轻"杯酒释兵权"的千古美名。

北宋开国之初便抑制武人，推崇"文治"，依靠科举选拔各级官员。

宋代文官之盛独步古今。官僚机构能容纳数量庞大的文官群体，他们跻身官场却没有显赫背景。从宋代开始，士族门阀的观念大为削弱，科举改变了普通人的命运，完成了士人身份的转换，"朝为田舍郎，暮登天子堂"成为官场选官的主要形式。通过科举取士上来的文官，有"致君尧舜上"的使命感，有"为天地立心，为生民立命"的社会担当，有"先天下之忧而忧"的责任感，有"为往圣继绝学，为万世开太平"的博大情怀。

大量的文官被派往各地任地方长官，以州统县、以路统州，将地方军权、财权系于中央。地方的真实情况能快速准确呈报中央，中唐以来的藩镇割据局面烟消云散。

总之，宋太祖、太宗时期奠定的"文治"格局，有效地结束了五代十国以来军阀割据的混乱局面，防止了武人集团尾大不掉，威胁皇权局面的出现。

宋代的"文治"是人才选拔和治国理念结合的重要尝试，促成了文人治国局面形成的同时，也造就了宋代文化的辉煌。

宋代能够成为中国文化与科技发展的繁荣时期，是"文治"的结果。正如陈寅恪所言："华夏民族之文化，历数千载之演进，造极于赵宋之世。"柳诒徵也说："有宋一代，武功不竞，而学术特昌，上承汉唐，下启明清，绍述创造，靡所不备。"

两位大学问家把宋代文化的本质特征一语道破。

宋代进入中国文化与科技发展的繁荣高峰期，是"文治"的结果。

两宋前后共历 300 余年，虽然战乱不断，家国沉浮，但却是历史上经济繁荣、科技发达、文化昌盛、艺术高深的时代。

一个历史闹剧却引出了一个文化高峰的时代！站在赵匡胤的拴马桩前，想了好多好久有关宋朝的历史问题。

应当说，在赵匡胤登基后，严肃军纪还是比较得人心的做法。

他对北周恭帝和宗室也没有赶尽杀绝。他封周恭帝柴宗训为郑王，迁房州，并赐柴氏家族"丹书铁券"，优待其生活……

多么滚烫的历史岩浆，在时光老人面前都会慢慢地冷却。陈桥驿成就了宋太祖，经历了历史的喧嚣之后，早已归于宁静。

古驿站在午后的阳光下显得宁静祥和，院子里只有我们几个人。

院子后墙外的小路旁边有片荷塘，尽管水已经基本没有了，但那一池青青的莲叶依然翠绿精神，在微风中摇曳。老墙根儿下开着一丛丛、一簇簇的野花，看起来很久没有人管理了，但依旧在无人关注的古驿站墙下静静地绽放着，那份从容，那种自由自在，我瞬间被感动了。

在"寂寞开无主"的生命状态中，这些花儿却向世界展示了自己最美好的生命状态。由此联想到，世间的生命只有在自由自在的环境下，才能生活得最惬意、自由、美好。

2020年6月6日，开封铁塔、大相国寺。

铁塔，开封市最有代表性的宋代古建筑。

铁塔，使用黑褐色的琉璃瓦建造，因远看颜色像黑铁而得名。

铁塔建于982年，初为木塔，毁于水灾。1049年于现址重修，建成后的铁塔身高55.88米，有八角十三层。塔身挺拔，装饰华丽，飞檐凌空，十分雄伟，"铁塔"是开封市标志性的建筑。

现在的铁塔周边已经成为公园，园内可以看到北宋"花石纲"遗物——太湖石。

花石纲加重了百姓徭役与钱粮的摊派，搞得民不聊生，在一定程度上引发了宋江、方腊农民起义。

最初知道大相国寺是在儿时读《水浒传》的时候。那时不知道它竟是始建于北齐天宝六年（555）的古刹，后由唐睿宗赐名大相国寺。

北宋时期，首都东京汴梁的商品经济发达、市场繁荣，大相国寺的庙会和善男信女进香求佛热闹非凡，香客与商贩来来往往摆摊设点，是都城一个热闹的去处。

◉ 开封铁塔公园

大相国寺里有鲁智深倒拔垂杨柳的青铜雕像。林冲的故事也发生在这里。

大相国寺因一部小说而名扬天下，虽然几经战乱水患被毁，但后世每有修缮。现存最古老的建筑为清代康熙年间重建的藏经楼。

山陕甘会馆是山西、陕西、甘肃等地的商人行旅往来休息居住之地，是清代以前丝绸之路留给开封的历史记忆。

在开封和新乡的活动基本上由一位当地朋友陪同。我们几个都是第一次到开封，两眼一抹黑，这位朋友开车拉着大家到处寻找开封的文物古迹。开封的市井生活极有感觉，这里虽为八朝古都，唯北宋时期的感觉最浓。开封城似乎也在刻意打造宋城的形象，清明上河图景区灯火通明的夜市上，特色小吃——从河南烩面到胡辣汤，都给人带来《水浒传》里描写的种种热闹景象。

朋友带我们到著名的"天下第一楼"，这里的开封名吃灌汤包名扬天下。包子上桌了，皮薄，褶美，一笼六个，用筷子夹起可以感到有汤水在包子里面晃动，咬一口要同时一吸，果然汤鲜，馅儿嫩，肉香，味儿好。我们

◉ 开封夜景

几位吃货就着胡辣汤吃得斯文扫地，热火朝天。

2020年6月7日，花园口、安阳殷墟。

我们新中国成立后出生的一代人，基本上没有经历过大的水灾，但是，上一代人却经历了战乱、流离、水旱灾害、饥荒等苦难。

站在河南郑州花园口大坝决堤处，看着眼前的滔滔黄水和广阔河岸边对面即将收割的金色麦田……突然，我对黄河的水患仿佛有了切实的感觉。

1938年5月19日，日军攻陷徐州，并沿陇海线西犯，郑州危急，武汉震动。为阻止日军向西南进发，组织武汉保卫战的防卫调度工作，国民政府需要时间。必须在河南地区拖住日军，防止其南进。

6月9日，蒋介石下令炸开郑州东北的花园口黄河大堤。

黄河桀骜不驯的性格爆发了，决堤改道，一路向南，最后夺淮入海！黄河与淮河之间广阔的中州原野变成大片的黄泛区，被淹土地达29万平方千米，涉及水灾受害地区达44个县，死亡89万余人。

水患之后必有大旱！

1942年，黄泛区大旱，百姓卖儿卖女，逃荒要饭，几斤粮食就可以换一个大姑娘，人们甚至易子而食！

黄泛区成了人间地狱！

那是黄河沿岸百姓最苦难的时刻！

久久地站在当年的决口处，看黄河大坝的另一面，那是一大片即将丰收的原野，一片广阔的金色麦田！

突然，觉得眼圈湿润了……

正准备离开花园口，前往安阳，得到一位老友的电话忠告，这位老友每天都看我的旅行札记，担心我这七旬老翁旅途开车劳累、寂寞，要我注意安全等。

其实，我的旅途生涯从来都不寂寞。

长途旅行，驱车前行，思绪会跟着高速公路边的道路指示牌在无垠的时空里做意识流。

记得从天津武清区出来，首先看到的路牌是杨柳青，于是杨柳青木版年画就跳入脑海。它和苏州桃花坞的年画作品一北一南，把南北方年俗中的不同特点、绘画风格与美好记忆，全都勾画在脑海中。

再向前行，飞驰而过的路牌是团泊洼，耳畔响起郭小川的长诗《团泊洼的秋天》：

秋风像一把柔韧的梳子，

梳理着静静的团泊洼；

秋光如同发亮的汗珠，

飘飘扬扬地在平滩上挥洒。

高粱好似一队队的"红领巾"……

曹灿老师的声音，仿佛就在耳边回荡。

站在商王朝的遗址前，静静地盘点殷墟文化要素。

它是产生在黄河流域的古代文明。

那时，黄河文明已经有了文字、青铜器、原始宗教、城邦国家……

河南省境内的黄河流域是商王朝的核心地带，而且早在3000年前，它的势力范围已经伸延到黄河中下游。

　　传说商的始祖叫契，是舜帝麾下主管军事的首领。后人称"契"为玄王。

　　商族是一个苦难的民族。

　　从汤建立政权后，商便在黄河流域的水旱灾害中流离失所、

　　四处迁徙，希望寻觅一个适合建都的地方，第 14 代商王盘庚迁殷，商人才终于找到了自己的落脚之地。

　　商代是中国文明的幼年时代。"尊神""尚鬼"是商代主要思想观念，甚至商王本身就常常兼任巫师。神权在商代社会占有非常重要的分量。

　　商代同时也是古代中国奴隶制社会的标本，无论是出土的青铜器饕餮纹饰，还是武官村巨大的"人殉"墓葬坑，都是中国奴隶制社会的历史证明。

　　我是第二次来到殷墟。每次到这儿心里总是很难过，为什么人类的进步总是伴着那么多鲜血和苦难？

4. 山西篇

风陵渡地处秦、晋、豫三省交界处，是地道的鸡鸣三省之地。

风陵渡口，正好在黄河几字弯南端折向东方的地理坐标点上。

因为南有秦岭余脉华山的阻挡，黄河干流被迫在这里折向东方，沿着中条山、崤山南麓和秦岭北麓的夹缝峡谷中，穿过三门峡，流进洛阳盆地。

698 年，武则天下诏在风陵渡口设关，重兵把守，与潼关相对，共扼黄河天险。

与风陵渡隔黄河相望的是潼关。

潼关是进入陕西的门户，这里山川形胜，自古有华山之险，可以拒东来进犯陕西之兵，所以，如果潼关不保，长安必危。

在唐代的"安史之乱"中，安禄山的叛军攻破潼关，打败宰相房琯的四万守军，导致长安失守。

风陵渡是非常古老的黄河渡口，也是既有传说又有历史的地方。

传说它是上古时期风后的家，黄帝大战蚩尤，风后前来助战的故事，就发生在这里。

明朝万历年间，风后祠和女娲娘娘墓地被重新修缮，这些历史古迹在抗日战争中被日军毁掉，留下的废墟也因黄河改道被淹没在河底的泥沙之中。

讲好黄河故事，风陵渡应当有一席之地。

2020 年 6 月 11 日，解州关帝庙，武则天故里。

河东解州的关帝庙，占地广阔，建筑精美，烟火十分旺盛。

关羽是东汉末年的人。民间对关公的崇拜起于隋唐。

宋元时期勾栏瓦肆之中，话本和戏剧对关公的歌颂达到高潮，对关公形象深入民间起了重要作用。连关汉卿这样的大戏剧家都写了广为流传的《关云长单刀赴会》的剧本。

关羽因其"神勇""忠义"的人格魅力，行侠仗义、义字当先等美德，成为平民百姓所追求崇拜的精神偶像。

明清时期，由于统治阶级的推崇和广泛的宣传、商人的参与、文学艺术的渲染，民间对关公的崇拜达到高潮。各地纷纷由民间捐资修庙，而且这种现象在海外的华人文化圈也产生了广泛影响。

关公不仅成为"武财神"，地位甚至升级到"帝"的高度。

离开解州，天空中布满了阴云。

车行至文水县界内，突然看到高速公路指示牌上有"武则天故居"的字样。山西真是历史厚重、人物辈出！

没有想到这位中国唯一的女皇帝，竟然还有故居保留在文水县。立即开车走下高速路，依路牌的指示驱车前行。

山西文水县南徐村武则天纪念馆现有园林建筑26000平方米，有山门、塑像、戏台、钟鼓楼、正殿、配殿、偏殿、碑廊等建筑。

正殿始建于唐代，现存的建筑是金代皇统五年（1145）重建的，但保留了一些唐代砖瓦和建筑材料。

◉ 武则天塑像

5. 内蒙古篇

沐浴旷野的晨风，田野考察其实是一种快乐。

在晨曦熹微中启程，长奔百公里，到处寻找放羊的汉子询问，终于在正午时分，找到了闻名遐迩的十二连城。

十二连城，在黄河几字弯东北角鄂尔多斯市准格尔旗界内，与呼和浩特市托克托县隔河相望。

从托克托县河口村，黄河向南穿过238千米的准格尔大峡谷后，在山西河曲与陕西神木县隔河相望处，进入著名的晋陕大峡谷。

这个峡谷是古代的黄河天堑，两周时期为秦晋与秦赵的边界，春秋战国700年间，这个大舞台上不知上演了多少惊天地泣鬼神的千古悲歌。

◉ 晋陕大峡谷偏关段

不过，十二连城最初建于隋朝开皇年间，是当时防御东突厥的军事工事。十二座古城遥遥相望，互为策应之势，由于紧邻黄河，又是天然台地，依地形沿河筑城，是易守难攻的险要之地。

十二连城的修筑，本来是为了防止北方游牧民族突厥的入侵，不过在隋唐五代时期，十二连城称"胜州"，是当时一个边塞军镇。

现存的十二连城建于北宋，为宋王朝的边城，是北宋与辽和西夏战争的防守军镇，也是黄河几字弯东北角上的一个保留比较完整的古代军事要塞遗址。黄河在这里绕过十二连城折向南流。

今天，当地民间传说，杨家男丁战死沙场后，由佘太君带领十二寡妇征西，在此建十二座相连的古城，以拒辽兵。但这不是历史，而是民间故事。

2020 年 6 月 13 日，战国云中古城。

从山西省的右玉到内蒙古的托克托县，正好完成了从黄土高原到蒙古高原的过渡。

黄河在托克托县的十二连城处折向南流，形成几字弯拐角处的东北角。而云中古城，就坐落在托克托县界内的阴山与黄河之间。

这里有广阔的草原地带，当年赵武灵王曾经站在这里，见草海里飞出一群鹄鸟，直入云层之中，于是，这里就有了一个叫云中的古城。

战国时期的云中郡，治下的土地非常广阔，今天的包头市就是战国时云中郡治下的九原邑。

赵武灵王选择阴山以南一马平川的草原地带修建赵长城，主要原因是云中城周边有发源于阴山的"荒于水""武泉水"，南面还有"白渠水"，三条大河流过内蒙古高原，最后进入黄河。

云中郡在阴山以南，这一带地势平坦，水草丰美，宜农宜牧，是训练骑兵、放牧战马、种植垦荒和保证军队给养的好地方。

云中古城建于战国时期，历经秦、汉、北魏，前后有 800 多年为边关重镇。

今天古城残墙尚存，北侧马面已坍塌。城墙的废墟在草海里伸向远方，仔细观察城墙细节，历尽沧桑！

今人在古城边打造了一个小镇景区，希望开发旅游业，感觉很不容易。

离开古城，返回包头市。

行走黄河的旅行札记（下）

1. 内蒙古（下）宁夏篇

2020 年 7 月 15 日，巴彦淖尔。

黄河中上游的考察工作开始。

太阳还没有升起来，阴山向阳坡面上有星星点点的绿色，尽管大片裸露的岩石依然显得狰狞，但那稀疏的绿色却给人以生命的希望。

车过西山嘴，眼前顿时一亮。已经成熟开镰的麦海，映着初升的太阳显出一片耀眼的金黄！

G6 高速公路的走向，在黄河几字弯地带基本上是与大河同步而行。由于贺兰山和阿拉善高原阻挡，黄河只能沿着贺兰山和阿拉善高原的东侧向北流淌。

河套平原地区是黄灌区，今天流入巴彦淖尔市黄灌区的水源地总开关，是位于磴口县的三盛公水利枢纽。

河套平原引黄河水灌溉的历史非常悠久，可以追溯到遥远的秦汉时期。但河套灌区大面积使用黄河水进行网络化自流灌溉并且发挥功效，傅作义将军厥功至伟。

1939 年，正是抗日战争时期。傅作义将军率领 10 万部队和整个绥远省政府机关从山西河曲西渡黄河迁到当时绥远省地界，并且在绥西的陕坝镇组建了正面战场第八战区副司令长官部。

为保障抗战部队最重要的战略物资——粮食的供给，傅作义将军在整个后套地区兴修水利，他甚至把主力部队 35 军投入水利灌溉的渠网建设之中。傅将军的努力，换来的是整个抗日战争时期，河套地区粮食生产连年丰收，有力地保障了军队和民众的粮食供给。

新中国成立初期，为保障河套地区的农业灌溉，水利部部长傅作义对河套灌区的干渠、支渠、斗渠、毛渠等水利灌溉网络建设给予了高度重视。

在新中国成立之初，河套灌区最重要的水利工程是解放闸，那是河套地区农民用铁锹和扁担挖出来、担出来的。解放闸工地上的劳动模范，由当时的盟公署奖励一头耕牛。

2020 年 7 月 16 日，固原市原州区董府。

固原市原州区旧归甘肃，今属宁夏固原市。

在晚清到民国初年，金积堡的名声远远高于吴忠和固原。因为金积出了一个重要人物——甘军悍将董福祥。

董福祥为金积人氏，晚清时期的八旗军早已不堪大用。在内忧外患、险象丛生的逆境中，清政府只能用湘军、淮军和"董字三营"的甘军。

今原州区境内的董府，就是甘军名将董福祥的府邸。

董福祥的甘军最大的功绩是收复新疆，甘军作为先锋部队，冲锋在前，先后收复了喀喇沙尔、库尔勒、库车、拜城、阿克苏、乌什。平息阿古柏叛乱后，董福祥一度被册封为喀什噶尔提督，管理南疆地区的喀什、叶尔羌、英吉沙、叶城。

1900 年，八国联军进攻北京时，"董字三营"在京城正阳门一带与侵略者奋战。

慈禧、光绪逃往西安时，董福祥护驾有功，深得清廷信任。

《辛丑条约》签订后，西方列强坚持要杀董福祥，清廷决定对其革职永不叙用。

董福祥这个人很倔，坚决拒绝转业回乡。当时国内暂时无战事，洋人又逼得紧，最后由光绪皇帝出面，下圣旨若再有战事必召董福祥进京勤王，董福祥才率将士返回故里。晚清时期修建的董府城堡，如今是国家重点文物保护单位。

2020 年 7 月 17 日，青铜峡水利枢纽工程。

青铜峡是黄河上游的大峡谷，民间传说为大禹治水时劈开大山形成的峡谷，滔滔黄河水在青铜峡一泻千里。

青铜峡在黄河几字弯西侧的主河道上，东靠贺兰山，西依牛首山。

我们乘快艇行走于峡谷之中，夕阳残照，牛首山石壁之上呈现出醒目的青铜色彩，极为震撼，始知青铜峡得名之缘由。

青铜峡两岸古迹遗址不少，依山势而建的西夏时期 108 座佛塔是党项羌人建立的。羌、藏族在宗教信仰上同为藏传佛教，青铜峡牛首山上的西夏佛塔都是藏式风格的建筑。

青铜峡水利枢纽工程是黄河西套灌区最重要的管水工程，控制着宁夏平原 27.5 万平方千米的水利灌溉任务和城市生产生活用水，年径流量达 324 亿立方米。

"天下黄河富宁夏""塞上江南""黄河百害，唯富一套"，这些美誉的基础就是黄河上的青铜峡水利枢纽工程。

输水工程三大灌溉渠道非常古老，由秦汉延渠、唐徕渠、东高干渠组成，灌溉面积达 36.67 万公顷，青铜峡水利枢纽工程的兴建结束了宁夏灌区 2000 多年无坝引水的历史。

2. 甘肃篇

2020 年 7 月 18 日，景泰黄河石林。

甘肃古称"陇"，因其境内有陇山而得名。

甘肃厚重，因为它与黄河及黄土高原有着千丝万缕的联系，更因为它是中原内地与西域、中亚、南亚、西亚，甚至与欧洲地区联系的交通要道。

黄河进入甘肃，便进入了黄土高原。

甘肃白银地区的景泰县龙湾村被群山包围在峡谷之中，黄河绕着村庄穿过峡谷流向东方。河水蒸腾起的雾霭笼罩着村庄，透过雾气可以隐隐约约地看到山谷里石林奇崛、果园漫山、村墟点点。

一处幽静的世外桃源。

石林与黄河交汇是龙湾村特有的地貌。在蒙蒙细雨中走入石林峡谷，有高原红皮肤、头巾包裹严实的"西凉女子"驾古老的驴车载我辈游石林。健驴比平常的毛驴高大强壮，头顶微颤的红缨、项挂铜铃，走起路来叮当作响，极见精神。甘肃方言我听不大懂，坐在驴车上听她指点峡谷边的怪石，这个像骆驼、那个像蜗牛……连看带猜，但峡谷的确险峻，令人叹为观止。

在景泰县龙湾村入住农家小院，主人熬了一锅鸡汤蘑菇，味极鲜美。吃着地道农家风味美食，喝着西凉啤酒，议论着龙湾村的黄河奇景、石林峡谷……

夜色中走到黄河边散步，天空中星光灿烂，银河系像一把倒转的勺子在苍穹慢慢地移动。看到这样的星空真是一种奢侈的享受。星光下的河水像一条闪光的飘带，飘向大山深处的远方，伴随着哗哗的流淌声。龙湾村的夜色真美。

2020 年 7 月 19 日，金城兰州。

离开龙湾村，沿着盘山公路爬上高速公路，穿过景泰、白银、皋兰进入兰州。

兰州是黄河穿城而过的唯一一座省会城市。这里的跨河大桥叫中山桥，是 100 多年前由德国工程师设计的中国第一座跨越黄河的大桥。百年老桥至今还在正常使用，这是德国工程师留在黄河上的遗产，更是工匠精神的遗物。每天清晨和黄昏时分，中山桥前滨河路上游人如织，黄河岸边成了兰州市民休闲散步锻炼身体的好去处。一座赭红色砂页岩雕刻的黄河母亲怀抱婴儿像立在河边供游人观赏。合影是要排队的。

中山桥北侧的白塔山顶上有一座古塔，这是为纪念藏地高僧萨迦班智达而建造的佛塔。这位高僧为了到凉州去晋见成吉思汗之孙、元太宗窝阔台之子、蒙古宗王阔端，协议吐蕃归附条件，路过金城不幸圆寂。他是为元代西藏并入中国版图做出贡献的人，人们在山巅建塔纪念他。元代所修的萨迦班智达塔已经坍塌消失，现存的白塔为明代建筑。

兰州市区的甘肃省博物馆是必须去的地方。这里馆藏文物非常丰富，藏品达 35 万件之多。

丝绸之路上的文物精品非常多，特别是武威出土的汉代文物"马踏飞燕"，已经成为中国旅游的标志。

彩陶文化的重点是齐家文化、马家窑文化的彩陶文物。这些红褐色的陶器上有咖啡色的条纹，几何图案设计得非常协调且对称，反映了新石器时代的古人类已经有了相当强的审美意识。

而甘肃佛教文物展则是以敦煌佛教壁画、塑像为主，包括甘肃河西走廊地区众多的石窟艺术品。应该说甘肃省博物馆是国内省级博物馆中藏品最有丝绸之路特色的一个。

此外，甘肃省博物馆内的近现代文物、多民族文物和红色文化记忆藏品都很丰富。

2020 年 7 月 20 日，甘肃永靖。

从永靖县名就可以看出这里的百姓希望黄河永远安澜，但永靖历史上恰恰是十年九涝。黄河由平均海拔 4000 米的青藏高原，一下子落入海拔 1600 米陇西永靖县界，历史上永靖水灾几乎年年上演。

不过，当你透过历史的烟云，从人文历史的角度审视永靖时，你会发现永靖的历史非常厚重。

永靖在秦汉时期是羌族的一支——西羌生活的地区。羌是中国最古老的民族。

黄河在永靖县境内流程 100 千米，形成三大阶梯水库——刘家峡水库、盐锅峡水库、八盘峡水库。这三座水库结束了永靖数千年来多灾多难的历史。

在永靖县界内，黄河还接纳了两条重要的一级支流——洮河与湟水。两条支流分别从临洮县和青海民和县进入永靖，在刘家峡水库进入黄河。

我们一行从刘家峡码头登上快艇，在宽阔的河面上飞驶，船尾划出一条白色的浪迹。由于大坝截流，水面抬高，淹没了四周群山，很多过去看来高耸的山峰，现在水面已经升到半山腰上。刘家峡水库周边的小积石山，在湖水中看积石山峰峦叠嶂，更多了一份对黄河的敬畏。

炳灵寺石窟，其中隋唐时期的浮雕最多，也最为精美。炳灵是藏语"千佛"的意思，所以有人称炳灵寺为"十万弥勒佛洲"。这座石窟始建于西秦，经北魏、隋、唐、两宋到明各代。它正好在古丝绸之路的南线，可以供当年行者朝拜，也有保丝路平安的意思。

3. 青海篇

2020 年 7 月 21 日，天下黄河贵德清。

行驶在青海的大草滩上，四周的高山草甸呈墨绿色，视野极其广阔。由于地处高原内陆，经济欠发达，所以人们似乎并不注意青海，其实青海的夏天"美艳不可方物"，只是"藏在深山人未识"而已。

青海省历史上属于安多藏区，在青藏高原上。我们的两条母亲河——黄河与长江都在青海省境内，这个平时人们不很关注的地方，恰恰是中华民族的水源地！

从西宁赶到贵德已经黄昏时分，本想赶到坎布拉国家森林公园去看"黄河清"。结果在进入贵德县城的路口桥边便看到滔滔黄河，水流清澈透明。在河边巨石上面刻着"天下黄河贵德清"。

贵德境内的黄河水清澈到让人不敢相信这竟是黄河！黄河在贵德以上流经的区域大多是高山草甸地带，贵德坎布拉地区植被条件非常好，森林覆盖率非常高，水土保持条件好。另外，黄河贵德段水势平稳，流经沙砾岩石河道，泥沙很难被冲刷下来，这是"天下黄河贵德清"的原因。

2020 年 7 月 24 日，河源。

玛多，是藏语"河源"的意思。

玛多县在青海省腹地，境内有 4000 多个大大小小的湖泊，有"千湖之县"的美称。

这里的野生动物资源丰富，藏羚羊、藏野驴、岩羊、雪豹、黑熊、野牦牛等野生动物经常可以看到。

黄河从巴颜喀拉山脚下诞生，流出扎陵湖后，河床开始下切，河面最宽处五六十米，水深 1 米左右，澄清见底。到达玛多县城后，河水绕过一座赤红色的山脉，此山古称积石山，今天叫阿尼玛卿山，意思是"黄河之祖"。

阿尼玛卿山还被称为玛积雪山，在青海东南部，延伸至甘肃南部边境，为昆仑山脉中支。

阿尼玛卿雪山的现代冰川十分壮观，冰川的总面积约 150 平方千米，顶部覆盖的冰雪层竟然有近 200 米，水资源非常丰富。

冰川融水分别汇入黄河支流切木曲等水系，阿尼玛卿山是河源地区最重要的水源地。

玛多是高海拔地区，全县平均海拔在 4500 米。民间有夜不宿玛多的说法。我曾经在那里住过一夜，有高原反应，头脑确实有晕乎乎的感觉。

黄河出青海省的玛多县后，顺着阿尼玛卿山的山势，向东南方向流淌。四周的高山草甸上有一汪汪大大小小的湖泊，天空盘旋着金雕，草甸上有野兔、岩羊、旱獭，它们自由自在地在柏油马路上穿过，远处有三五成群的藏野驴、藏羚羊在湖边游荡饮水，这些动物总远远地看着我们的车辆……

终于爬上了巴颜喀拉山顶的垭口，这里海拔 4824 米，五颜六色的经幡飘扬……

2020 年 7 月 26 日，龙羊峡水利工程。

龙羊是藏语，意思是"险峻的沟谷"。

而龙羊峡水电站，则是黄河上游第一座大型水利工程设施，同时又是黄河梯级电站的第九级，即最高的一级。

龙羊峡谷全长 33 千米，峡口只有 30 米宽，花岗岩两壁高近 200 米，而龙羊峡沟口以内的峡谷地带宽 9 千米，所以，龙羊峡是建设水电站的绝佳地址。水电工作者看中了这块有中国的科罗拉多大峡谷之称的"风水宝地"。

1976 年，龙羊峡水利工程建设正式施工，2002 年投入运营。今天的龙羊峡大坝高达 178 米，主坝长 396 米。

龙羊峡水库把黄河上游 13 万平方千米的年流量全部拦住，1684 千米长的黄河之水统统纳入库区管控起来，形成拥有 240 亿立方米库容、面积为 380 平方千米的水库。

我们是在清晨的浓雾急雨之中，驱车前往龙羊峡水库的。

出发时天空中阴云笼罩，沿公路前行时下起了急雨，雨水从车窗玻璃上划出一道道水痕。公路基本是在起伏的群山中，从山下的盘山公路向上看，云雾缭绕的山顶宛如在仙境之中。攀上山顶才发现，能见度不足 10 米的浓雾"仙境"并不好玩儿。汽车打开所有的灯光，几乎在爬行，生怕与其他车辆发生剐蹭。从贵德到龙羊峡 100 千米的路程，竟然走了 4 个多小时。

终于在细雨蒙蒙中走进龙羊峡库区，巍峨的大坝、起伏的群山和浩渺的湖水浑然一体，它们在柔和的浓雾之中若隐若现，人的思绪变得朦胧、柔软，艺术的灵魂很容易在这种场景下苏醒。

从龙羊峡沿黄河干流而下，就是拉西瓦水电站。

"拉西瓦"是藏语，意思是"阳光照不到的地方"。

拉西瓦水电站创造了我国水电建设史上的多个历史纪录：

250 米的高拱坝国内首次采用，750 千伏的国内最高出线电压等级，207 米的世界最高落差金属管道母线，大型反拱水垫塘、导流洞闸门充压式水封等新技术，均为国内首次采用。

走上拉西瓦水库大坝，正赶上水库放水。这里的水是碧绿色的，像是一条翡翠玉带飞流而下，进入 250 米的谷底，水声如雷，惊心动魄，从谷底飞溅起来的白雾弥漫在整个峡谷中，蔚为壮观。

拉西瓦水电站总库容只有 10.79 亿立方米，调节库容仅 1.5 亿立方米。但它却是黄河流域单机和总装机容量最大、发电量最多、大坝最高的工程，也是国家"西电东送"北通道的骨干电源。

2020 年 7 月 27 日，行走在河源地区。

连续几天驱车行驶在黄河源头地区。

潜意识里，总想到真正的黄河正源看一看，仿佛那是自己的人生夙愿。随着几天来在河源地区的行走、访问，特别是对河源地区环境保护的认识和提高，思想上也有了一些转变。

过去，我太关注黄河正源的三条溪流了。其实，巴颜喀拉山、阿尼玛卿山、布尔汗布达山和很多我叫不上名字的大山上，都有冰川。山涧峡谷中无数无名的溪流，逐渐汇成浩浩荡荡的母亲河。

青海的生态环境是脆弱的。表面上看起来苍苍莽莽的满眼绿色，连起伏的群山都是苍翠欲滴，可是，仔细观察高原草甸生长绿草的土壤与岩石层交会的地方，就会发现，那是薄薄的一层土。一旦土层被破坏，裸露的部分一千年都长不出绿色。

河源地带，过去由百余个蓝汪汪的小湖泊组成的星宿海湖泊群，近几十年来已经干涸了。

世代生活在青海玛多县扎陵湖乡的藏族同胞，也迁出河源地区。这是对黄河源头的保护。

今天，在青海的大草滩上，随处可见一种植物。它们的根被寺院里的喇嘛捣烂造纸。这种纸张防虫蛀，比内地有"纸寿千年"之称的宣纸寿命更长。用这种纸印制的经书，可以比贝叶经文保存得更长久。

这种植物根茎上端的枝叶和花朵常常会让人迷恋于它的美艳，这种花叫"狼毒花"，又名"断肠草"。

断肠草的出现是草原沙化的开始。这种花一旦出现，用不了几年，这一带的草原就沙化了。

还有一种草叫枳芨。内地常用这种草做扫帚。枳芨的出现也是草原沙化的开始。很明显，河源地区的草原沙化现象已经出现，对河源的保护刻不容缓。

2020年7月29日，青海湖、伏俟城。

青海湖曾经与黄河相通，在地质变迁的年代里，逐渐由隆升的大地把湖泊与河流分开。

但是，今天的青海湖，是中国最大的内陆湖泊，水体面积为4543平方千米。根据气象卫星观测，近年来青海湖的面积逐渐扩大，有地质学家认为，不断扩大的青海湖，很可能有一天还会和黄河连上。

青海湖是维系青藏高原东北部生态安全的重要水体，是控制西部荒漠化向东蔓延的天然屏障，对周边地区的区域气候以及生态环境有着重要而深刻的影响。

我们起了个大早，驾车来到青海湖。这里正是油菜花盛开的季节，金黄色的花海伸向远方，而花海尽头蔚蓝色的青海湖显得烟波浩渺。

湖面上飘动着淡蓝色的晨雾，岸边的藏族姑娘招呼我们到油菜花田里拍照。在花海与湖水面前，老人也变成了孩子。那是一种忘怀的欢乐！

午后来到伏俟城遗址废墟。

伏俟是古鲜卑语，意为"王者之城"。慕容鲜卑的一支慕容吐谷浑，率部离开内蒙古的西拉木伦河流域，在公元4世纪初西迁到此立国，国名就是吐谷浑。

当时的伏俟城，东控青海西宁、兰州，南下四川成都，西接新疆若羌，在中西交通线上发挥过相当重要的作用。

公元4到6世纪，东西商旅往来多取道祁连山南，经青海西部抵达南疆。伏俟城成为这条交通孔道上的重要枢纽。

在青海广阔的大草滩上，伏俟城起伏的轮廓十分明显，一群兰州大学考古专业的学生正在这里考察。

站在荒草丛生的古城墙上，看这座1400多年前的"王者之城"，感悟历史的兴衰更替，有一种悲从中来的感觉。

从伏俟城驱车返程，途中路过青海省的河湟、西宁，夜宿甘肃兰州。